청아 청아 예쁜 청아

(주)푸른책들은 도서 판매 수익금의 일부를 초록우산 어린이재단에 기부하여
어린이들을 위한 사랑 나눔에 동참합니다.

푸른도서관 28

청아 청아 예쁜 청아

초판 1쇄 / 2009년 1월 20일
초판 2쇄 / 2012년 12월 10일

지은이 / 강숙인
펴낸이 / 신형건
펴낸곳 / (주)푸른책들
등록 / 제321-2008-00155호
주소 / 서울특별시 서초구 양재천로7길 16 푸르니빌딩(양재동 115-6) (우)137-891
전화 / 02-581-0334~5 팩스 / 02-582-0648
이메일 / prooni@prooni.com 홈페이지 / www.prooni.com

글 ⓒ 강숙인, 2002, 2009

ISBN 978-89-5798-163-4 03810

이 도서의 국립중앙도서관 출판시도서목록(CIP)은 e-CIP홈페이지(http://www.nl.go.kr/ecip)와
국가자료공동목록시스템(http://www.nl.go.kr/kolisnet)에서 이용하실 수 있습니다.
(CIP제어번호 : CIP2008003666)

청아 청아
예쁜 청아

강숙인 지음

푸른책들

차례

하늘복숭아를 훔치다...7

용궁은 허물어지고...15

빛나로의 다짐...24

마침내 때가 오다...34

청아 청아 예쁜 청아...44

나는 너를 꿈꾸건만...56

공양미 삼백 석...65

열다섯 살인걸...74

내 슬픔이 바다보다 깊어도...84

연꽃 왕비...95

꿈에 본 용궁...106

작가의 말 • 117

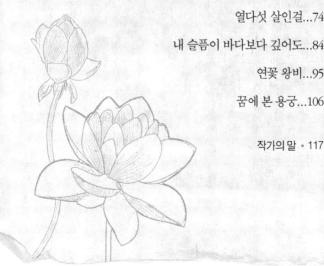

하늘복숭아를 훔치다

　푸른 서해, 깊은 바닷속에 서해 용왕의 궁궐인 용궁이 있었다. 궁궐 사방은 높다란 조개 껍데기 담으로 둘러싸였고, 동서남북으로 큰 문이 하나씩 있었다. 그 가운데 가장 큰 문은 궁궐 정문인 동문이었다. 문어 수문장과 부하인 물고기 병사들이 정문 앞에서 궁궐을 지켰다. 궁궐 밖에 사는 갖가지 물고기 신하들은 아침에 용왕을 뵈러 궁궐 안으로 들어갔다가, 저녁에 일을 마치고 도로 나오곤 했다.

　궁궐 안에는 여러 채의 전각이 있었다. 용왕이 물고기 신하들과 나랏일을 의논하는 백운전, 왕비가 사는 수정전, 그 밖에 용왕과 왕비의 시중을 드는 시녀, 시종들이 사는 전각

들이었다. 백운전과 수정전은 특히 아름다운 전각이었다. 영롱한 호박 주춧돌에 산호 기둥이 위엄을 더하고, 백옥 층계와 황금 기와 지붕은 눈이 부실 지경이었다. 갖가지 진기한 꽃들이 피어 있는 뜰도 무척 아름다웠다. 은은한 꽃 향기가 사방으로 퍼져, 용궁 안에는 늘 향기가 감돌았다.

그런데 요즘 이 아름다운 용궁에 먹구름이 드리워졌다. 용왕의 아들 빛나로 때문이었다. 태어난 지 다섯 달밖에 안 된 빛나로는 용왕이 마흔이 넘어서야 얻은 귀한 아들이었다. 아들이 태어났을 때, 용왕은 온 세상을 다 얻은 듯 기뻐하며 아들에게 빛나로라는 이름을 지어 주었다.

"빛나로, 내 아들아. 넌 이다음에 훌륭한 사람이 되어야 한다. 서해를 잘 다스려 물고기뿐 아니라 뭍에 사는 사람들한테도 도움을 주는 위대한 용왕이 되어야 한다. 네 이름처럼 바닷속을 환하게 밝혀 주는 빛 말이다. 알겠니?"

용왕은 눈에 넣어도 아프지 않을 만큼 아들을 사랑했다. 나날이 조금씩 커 가는 아들을 지켜 보느라 세월이 가는 줄도 몰랐다. 용왕과 왕비의 입가에는 늘 웃음이 감돌았고, 궁궐 안에도 웃음소리가 끊이지 않았다.

그런데 지난 섣달 그믐날, 빛나로는 갑자기 병이 났다. 젖을 먹어도 토하기만 하더니 온몸이 불덩이처럼 뜨거워졌다. 용왕과 왕비는 깜짝 놀라 의원을 불렀다. 의원은 빛나로의 맥을 짚어 본 다음 이렇게 말했다.

"우선 약을 짓겠으니 먹여 보십시오. 약을 먹고 사흘 뒤에 차도가 있으면 별일이 없겠습니다만……."

의원이 말꼬리를 흐렸다. 용왕은 뒷말을 캐어묻고 싶었지만 꾹 참고 밝게 말했다.

"그대의 의술이 뛰어나니 내 의원만 믿겠소. 내 아들 빛나로, 사흘 뒤에는 예전처럼 방긋방긋 웃으며 이 아비를 기쁘게 해 줄 거요."

왕비는 시녀들이 정성껏 달여 온 약을 빛나로에게 먹였다. 의원도 하루에 한 번씩 수정전에 들러 빛나로를 보살폈다.

그러나 사흘이 지나도 빛나로의 병은 차도가 없었다. 여전히 몸이 불덩이 같았고, 약도 토해 내기 일쑤였다.

의원이 어두운 얼굴로 용왕과 왕비에게 말했다.

"아무래도 왕자님은 큰 병이 드신 것 같습니다. 어떤 약도 왕자님의 병을 고치지는 못할 듯싶습니다."

"정녕 약이 없단 말이오? 내 아들을 살릴 수 있는 명약이 있기만 하다면, 뭍에 나가서라도 약을 구해 오도록 하겠소."

의원이 고개를 저었다.

"하늘의 상제님께서 왕자님께 짧은 수명을 내리셨나 보옵니다. 어쩌겠습니까, 상제님의 뜻을 따를 수밖에요."

용왕과 왕비는 눈앞이 캄캄했다. 이제 아들을 살릴 수 있는 방도는 없는 것 같았다. 그 때부터 용궁에서는 웃음소리가 사라졌다. 용왕과 왕비는 겨우 숨만 붙어 있는 가여운 아들을 바라보며 나날을 눈물로 보냈다.

'아, 빛나로! 너를 살릴 수만 있다면, 하나뿐인 이 목숨도 내놓으련만.'

물고기 신하들도 근심스런 얼굴로 조회에 참석했다가 한숨을 내쉬며 궐 밖 집으로 돌아가곤 했다.

새해가 왔는데도 용궁에는 전혀 새해가 온 것 같지 않았다. 끝없는 슬픔과 근심 속에서도 세월은 무심히 흘러, 정월 대보름이 가까워졌다.

정월 대보름은 뭍에 사는 사람들에게도 큰 명절이지만 하늘 나라에서는 한층 큰 명절이다. 상제님의 생신날이 정월 대보름이기 때문이다. 그래서 해마다 정월 대보름날이면 하늘 나라에서는 큰 잔치가 열렸다. 뭍의 여러 신령들과 바다의 용왕들이 잔치에 초대받았다. 모두 정성껏 마련한 선물을 들고 상제님을 뵈러 가곤 했다.

올해도 서해 용왕은 상제님의 생신 잔치에 참석해야 했다. 상제님께 올릴 귀한 선물도 이미 마련해 놓았지만 하나뿐인 아들 빛나로를 생각하면 발길이 떨어지지 않았다.

그러나 신하 된 자의 도리로 감히 상제님의 생신 잔치에 빠질 수는 없었다. 용왕은 한숨을 내쉬며 두 마리 용이 끄는 수레에 올라탔다.

"왕비, 잔치가 끝나는 대로 곧장 돌아오겠소. 내가 없는 동안 우리 빛나로를 잘 돌봐 주시오."

시종이 용 수레를 몰았다. 용들은 용궁 뜰에서 곧장 위로 솟구쳐 오르더니, 물 밖 구름 위로 단숨에 날아올랐다. 얼마 뒤, 용왕은 하늘 나라에 도착했다.

하늘 나라 선관들이 용왕을 맞았다. 용왕은 먼저 상제님을 뵈러 갔다. 시종들이 선물을 들고 용왕을 뒤따랐다. 용 수레는 하늘 궁궐 앞마당에 세워 두었다.

이윽고 용왕은 상제님의 궁궐 안으로 들어섰다. 넓고 아름다운 뜰이 나왔다. 일 년 내내 꽃이 지지 않는 상제님의 뜰이었다.

무거운 발걸음으로 뜰을 지나가던 용왕은 문득 걸음을 멈추었다. 뜰 가운데 있는 복숭아나무가 눈길을 끌었기 때문이다. 가지마다 복사꽃이 활짝 피어 있고, 그 가운데 발그레한 분홍빛 복숭아 한 알이 열려 있었다. 화사한 복사꽃에 둘러싸인 복숭아는 마치 신하들에게 둘러싸인 상제님 같았다.

그건 예사 복숭아가 아니라 천도, 바로 하늘복숭아였다. 5년마다 꼭 한 알씩만 열리는 아주 귀한 과일이었다. 하늘복숭아는 상제님의 생신 무렵에 제대로 맛이 들기 때문에, 상제님은 생신이 지난 뒤에 꼭 따서 드시곤 했다. 그런 만큼 하늘복숭아가 열리는 해의 상제님 생신은 다른 해보다 성대하게 열리곤 했다.

'하늘복숭아는 죽은 사람도 살릴 수 있는 영약이라지? 저 복숭아만 있다면 우리 빛나로를 살릴 수 있을 것을……'

무서운 생각이었다. 감히 상제님의 복숭아를 탐내다니! 용왕은 고개를 저어 그 무서운 생각을 털어 버리고는 궁궐 안으로 들어가 상제님을 뵙고 선물을 바쳤다. 상제님은 기뻐하셨다. 선관들이 용왕을 잔치 자리로 안내했다. 다른 용왕들이며 물의 신령들은 이미 와 앉아 있었다.

상제님이 잔치 자리에 나타나자 잔치가 시작되었다. 모두 맛있는 음식을 먹으면서 선녀들의 춤을 구경했다. 선녀들은 하늘 나라 음악에 맞추어 하늘하늘 춤을 추었다.

그러나 용왕의 눈에는 선녀들의 춤이 보이지 않았다. 혀에서 살살 녹는 하늘 나라 음식도 무슨 맛인지 알 수가 없었다. 복숭아나무에 탐스럽게 달려 있는 하늘복숭아만 자꾸 눈앞에 어른거렸다.

잔치가 한창 무르익을 무렵, 용왕은 슬그머니 자리를 빠져 나와 뜰로 나갔다. 뜰을 지키는 선관도 잔치에 참석한지라, 뜰에는 아무도 없었다. 용왕은 복숭아나무로 다가가 떨리는 손으로 복숭아를 잡았다. 상제님의 노여움 가득한 얼굴이 떠올랐다. 다 죽어 가는 빛나로의 애처로운 모습도 떠올랐다.

'상제님, 용서하소서. 아들을 살릴 수만 있다면 어떤 벌이든 달게 받겠습니다.'

용왕은 복숭아를 따서 기다란 소매 속에 얼른 감추었다. 심장이 세차게 뛰었다. 용왕은 남의 눈에 띄지 않게 조심하면서 궁궐 앞마당으로 갔다. 드넓은 궁궐 앞마당에는 다른 용왕들과 신령들이 타고 온 용 수레와 천마 수레가 나란히 세워져 있었다. 지키는 병사들도 보이지 않았다. 용왕은 안도의 한숨을 내쉬며 자신의 용 수레로 갔다. 소매 속에서 하늘복숭아를 꺼내 수레 안쪽에 감추었다.

'부디 이 복숭아를 빛나로에게 먹일 수 있어야 할 터인데…….'

용왕은 다시 잔치 자리로 돌아갔다. 아무것도 모른 채 인자하게 웃고 계신 상제님을 보니 새삼스레 마음이 무거웠다. 당장이라도 자신이 지은 엄청난 죄가 들통 날 것 같았다.

용왕은 불안으로 죄어드는 마음을 다독이며 잔치가 끝나기만을 기다리고 또 기다렸다.

용궁은 허물어지고

상제님의 생신 잔치는 밤이 이슥해져서야 끝났다. 용왕은 상제님께 하직 인사를 드리고 서둘러 서해 용궁으로 돌아왔다. 그리고 하늘복숭아를 다시 소매 속에 감추고 수정전으로 갔다. 아무도 들어오지 말라고 이른 다음, 용왕은 왕비에게 하늘복숭아를 내밀었다.

"이건……."

왕비는 놀란 나머지 눈을 커다랗게 뜨고는 뒷말을 차마 잇지 못했다.

"하늘복숭아요. 상제님 몰래 따 왔소. 우리 빛나로만 살릴 수 있다면 내 어떤 벌이라도 달게 받을 거요."

왕비의 두 눈에 눈물이 고였다. 왕비 역시 용왕과 같은
마음이었다.

"서둘러야 하오. 내일 아침이면 상제님께서도 아시게
될 거요. 하늘복숭아를 내가 따 갔다는 걸 말이오. 그 전에
우리 빛나로에게 이걸 먹여야 하오."

왕비는 시녀를 불렀다. 왕비가 가장 믿는, 충성스러운
시녀였다.

"이 복숭아를 으깨 즙을 내어 오너라. 우리 왕자의 약이
니 정성을 다해야 한다."

복숭아를 받는 시녀의 손이 가늘게 떨렸다. 예사 복숭아
가 아니라는 걸 눈치챈 듯했다. 하지만 시녀는 아무것도 묻
지 않고 조용히 방을 나갔다.

얼마 뒤 시녀가 하늘복숭아즙이 든 그릇을 가져왔다.
시녀가 다시 방을 나간 다음, 왕비는 죽은 듯이 눈을 감고
있는 빛나로의 입 속에 한 방울씩 한 방울씩, 즙을 흘려 넣
었다. 신기하게도 빛나로는 토하지도 않고 복숭아즙을 다
삼켰다. 그러고는 얼마 뒤에 잠이 들었다.

용왕과 왕비는 빛나로의 머리맡에 앉아 뜬눈으로 꼬박
밤을 새웠다. 빛나로는 다른 때보다 곤히 자는 듯했다. 열

도 많이 내린 듯 이마도 그리 뜨겁지 않았다.

아침이 되었다. 빛나로는 여전히 자고 있었지만 해쓱했던 두 뺨에는 화색이 돌았다.

용왕이 의원을 불렀다. 빛나로의 맥을 짚어 보는 의원의 두 눈에 놀라움과 기쁨이 한꺼번에 떠올랐다.

"세상에 이런 일이! 용왕님, 왕자님의 병이 감쪽같이 나았사옵니다. 왕자님은 이제 기운만 회복하시면 됩니다. 아무 걱정 마십시오."

의원이 나간 뒤, 왕비는 흐느끼기 시작했다. 기쁨과 두려움이 뒤섞인 눈물이었다. 이제 빛나로는 살아났지만, 당장이라도 닥치게 될 상제님의 노여움이 두려웠다.

용왕이 왕비의 등을 다독거리며 말했다.

"울지 마오, 왕비. 상제님께서 어떤 벌을 내리시건, 달게 받아들입시다."

물고기 신하들이 용왕을 뵙는 조회가 시작되었다. 신하들은 기쁜 얼굴로 용왕께 축하를 드렸다. 왕자의 병이 씻은 듯이 나았다는 것을 이미 신하들도 다 알고 있었다.

용왕도 환한 얼굴로 신하들의 축하를 받았지만 마음 속에서는 근심의 파도가 쉴새없이 일렁이고 있었다.

신하들의 인사가 막 끝났을 때였다. 시종 하나가 허둥대며 백운전으로 들어왔다.

"용왕님, 큰일났사옵니다. 여의주가, 여의주가 빛을 잃었사옵니다."

여의주는 크고 둥근 구슬로, 상제님께서 용왕들에게 특별히 내리신 선물이다. 보고 싶은 것은 무엇이든 볼 수 있는 신기한 구슬이다. 여느 때 여의주는 진주 같은 영롱한 빛을 내뿜고 있지만, 용왕이 무언가를 보기 위해 주문을 외우면 그 속이 투명해지면서 보고 싶은 그림이 떠오른다. 그런 신비한 여의주가 빛을 잃다니……. 그건 바다가 갈라지는 것만큼이나 엄청난 일이었다.

물고기 신하들이 웅성거렸다. 올 것이 왔구나 싶었지만 용왕은 침착하게 신하들을 둘러보았다.

"경들은 너무 놀라지 마오. 여의주가 빛을 잃은 것은 과인이 상제님께 큰 죄를 지었기 때문이오."

용왕은 아들을 살리기 위해 하늘복숭아를 훔친 사실을 신하들에게 다 말했다. 잉어 정승과 방게 장군, 그 밖에 모든 신하들의 얼굴이 하얗게 질렸다.

"이제 곧 상제님의 사자가 들이닥칠 것이오. 과인은 백운전 뜰에 거적을 깔고 엎드려 상제님께서 내리시는 벌을 기다릴 것이오. 경들 또한 지금 집으로 돌아가 상제님의 분부를 기다려야 할 것이오."

"용왕님, 신들이 함께 상제님께 용서를 구하겠나이다. 왕자님을 살리기 위해 하신 일이니, 상제님께서도 너그러이 헤아려 주실 것이옵니다."

"그런 큰 죄를 지어 놓고, 어찌 감히 용서를 청한단 말이오? 상제님의 노여움만 더 커질 뿐이니 경들은 어서 집으로 돌아가 근신하도록 하오."

물고기 신하들은 눈물을 뚝뚝 흘리며 용궁을 나갔다.

시종들이 백운전 뜰에 거적을 깔았다. 용왕은 관을 벗고 머리를 풀어 내렸다. 화려한 비단옷 대신 무명 바지저고리를 입은 다음, 거적 위에 꿇어앉았다.

왕비도 머리를 풀어 내리고 소복을 입었다. 그런 다음 아무것도 모르는 채 쌔근쌔근 잠든 빛나로를 품에 안고 용왕 옆에 꿇어앉았다. 시종들과 시녀들도 거적 뒤쪽에 모두 꿇어앉았다.

빛과 향기로 가득했던 용궁에 무거운 침묵이 들어찼다. 모든 것이 다 죽어 버린 듯한 무서운 침묵이었다.

얼마 뒤 하늘 나라 사자 두 명이 열두 병사를 거느리고 백운전 뜰로 들어섰다. 한 사자는 손에 칙서를, 다른 사자는 상제님의 위엄을 나타내는 지팡이를 들고 있었다. 지팡이를 든 사자가 말했다.

"죄인 서해 용왕은 예를 갖추어 상제님의 명을 받들라."

용왕과 왕비는 자리에서 일어나 하늘을 향해 절을 네 번 올렸다. 시종들과 시녀들도 함께 절을 올렸다. 그런 다음 모두 자리에 꿇어앉았다.

사자가 두루마리 칙서를 펼쳐 읽기 시작했다.

"죄인 서해 용왕은 들으라. 너는 감히 짐의 복숭아를 훔쳤으니, 바다보다 깊은 그 죄를 어이 다 씻으리오. 이에 서해 용왕을 하늘로 불러들여 하늘 뇌옥에 가두고, 짐이 내린 시종들과 시녀들도 다 거두어 가노라. 용궁은 허물어져 폐허가 될 것이며, 사방의 문은 굳게 닫혀 아무도 들어오지 못할 것이로다. 또한 왕비와 왕자는 거북이 되어 폐허가 된 용궁에서 살되, 용궁 밖으로는 한 발짝도 나가지 못하리라."

시녀들 사이에서 흐느낌이 일었다. 시종들도 울음을 토해 냈다. 용왕은 엎드린 채 눈을 질끈 감았고, 왕비는 가녀

리게 떨면서 빛나로를 꼭 껴안았다.

사자가 계속 글을 읽었다.

"서해 용왕은 짐에게 씻을 수 없는 큰 죄를 지었으나, 그 죄는 자식에 대한 지극한 사랑 때문이었도다. 짐은 그 사랑을 헤아려 언젠가는 용왕의 아들 빛나로에게 아비의 죄를 씻을 수 있는 길을 알려 주려 하니, 죄인들은 삼가고 또 삼가면서 때를 기다리도록 하라."

순간 용왕과 왕비의 눈에 희망의 빛이 스쳐 갔다.

"또한 오 년 뒤, 하늘복숭아가 다시 열리는 짐의 생일날, 죄인의 아들은 여의주로 아비의 모습을 보게 되리라. 이는 짐이, 아비의 모습도 모르는 채 자라야 하는 빛나로를 가엾게 여김이니, 그 때부터 빛나로는 한 해에 한 번씩 여의주로 아비의 모습을 잠깐 볼 수 있을 것이로다."

상제님의 글을 다 읽은 사자는 병사들을 둘러보며 말했다.

"시행하라!"

병사들은 먼저 시종과 시녀들을 백운전 밖으로 몰아냈다. 그 다음, 용왕을 오랏줄로 꽁꽁 묶어 일으켜 세웠다.

용왕은 눈물 가득한 눈으로 무릎을 꿇고 앉아 있는 왕비를 보았다. 왕비 또한 빛나로를 안은 채 눈물을 흘리며 용왕을 바라보기만 했다. 용왕도 왕비도 목이 메어 아무 말도 할 수가 없었다.

그 때 지팡이를 들고 있던 사자가 왕비와 빛나로를 향해 지팡이를 내뻗었다. 번개 같은 빛이 지팡이에서 쏟아지는가 싶더니 거적 위에 왕비와 빛나로 대신 거북 두 마리가 엎드려 있었다. 용왕의 두 눈에서 눈물이 펑펑 쏟아졌다.

사자가 다시 물 위쪽을 향해 지팡이를 뻗치자 백운전을 비롯한 모든 전각들이 순식간에 허물어져 버렸다. 높은 조개 껍데기 담과 큰 문들만 그대로 남았고, 진기한 꽃들이 피어 있던 뜰에는 바닷말이 시퍼렇게 우거졌다.

사자는 백운전 뜰 모래밭을 지팡이로 한 번 세게 내리쳤다. 그러자 모래밭에서 맑은 샘물이 퐁퐁 솟았다.

사자는 거적 위에 엎드려 있는 어미거북에게 말했다.

"하루에 한 번씩 이 물을 마시면 굶주리는 일 없이 목숨을 이어갈 수 있으리라."

아무도 드나들지 못하도록 용궁의 문들을 단단히 잠근 다음, 하늘 나라의 두 사자와 병사들은 용왕과 시종, 시녀들을 이끌고 용궁을 떠났다. 남은 것은 어미거북과 아기거북, 두 마리뿐이었다.

빛나로의 다짐

아름답던 용궁이 황량한 빈터가 된 뒤, 많은 날들이 흘러갔다. 아기거북 빛나로는 아무것도 모른 채, 무럭무럭 자랐다.

빛나로는 어머니와 함께 백옥 층계 맨 위쪽 부서진 산호 기둥 옆에 살았다. 아침이면 층계 아래쪽 모래밭에서 퐁퐁 솟는 샘물을 마셨고, 그런 다음 혼자서 드넓은 빈터 여기저기를 헤엄쳐 다녔다. 빛나로는 호박 주춧돌과 모래 바닥에 뒹구는 황금 기와 조각을 보면서, 왜 이런 것들이 여기 있나, 늘 고개를 갸웃거리곤 했다.

여섯 살이 될 때까지, 빛나로는 제가 정말 거북인 줄로

만 알았다. 아버지는 제가 갓난아기 때 돌아가셨다고 믿었다. 어머니가 그렇게 일러 주었던 것이다.

"우리 아버진 어떤 분이었어요?"

빛나로가 가끔 아버지에 대해 물어보면 어머니는 늘 똑같은 대답을 했다.

"아버진 아주 훌륭한 분이셨어. 널 세상 무엇보다 사랑하셨지. 아버지가 널 얼마나 사랑하셨는지는, 네가 좀더 자라면 이야기해 주마."

아버지에 대한 것 말고도 빛나로는 궁금한 것이 많았다.

'엄마하고 나는 왜 이 곳에 사는 걸까? 아무도 살지 않는, 바닷말만 우거진 여기에 말야. 빈터가 되기 전에 이 곳은 어떤 곳이었을까? 황금 기와 조각이 뒹굴고 있는 걸 보면 옛날에 이 곳에 으리으리한 전각이 있었는지도 몰라. 그리고 저 높은 조개 껍데기 담 너머에는 어떤 세상이 있을까?'

빛나로는 몇 번인가 어머니에게 궁금한 것들에 대해 물었지만 어머니의 대답은 한결같았다.

"네가 좀더 자라면 다 이야기해 주마. 네가 좀더 자라면……."

그래서 빛나로는 어머니 몰래 담 밖으로 나가 볼 생각을 했다. 담 너머에 어떤 세상이 있는지 무척 알고 싶었다. 사방에 있는 문은 굳게 닫혀 있었기 때문에 담을 넘을 작정이었다.

그런데 빛나로가 담 가까이 가기만 하면 갑자기 세찬 파도가 일면서 빛나로를 저만치 내동댕이치듯 밀어 내곤 했다. 여러 번 실패한 뒤에 빛나로는 제 힘으로는 결코 담 밖으로 나갈 수 없다는 것을 깨달았다.

'엄마한테 왜 담 밖으로 나갈 수 없는지 물어보면 또 똑같은 대답을 하시겠지? 내가 좀더 자라면 이야기해 주겠다고, 또 그렇게 말씀하실 게 뻔해. 그냥 조용히 엄마가 무엇이든 다 이야기해 줄 때까지 기다리는 게 좋아.'

빛나로가 모든 사실을 알게 된 것은 여섯 살이 되던 해였다. 그 해 정월 대보름날 아침, 빛나로가 잠에서 깨어났을 때 어머니가 말했다.

"빛나로, 날 따라오너라. 너한테 보여 줄 게 있다."

어머니는 백옥 층계 아래로 내려갔다. 모래밭에서 퐁퐁 솟는 맑은 샘물을 한 모금 마신 다음, 무성한 바닷말 숲으로 헤엄쳐 들어갔다. 빛나로도 샘물 한 모금을 마시고 어머니를 뒤따라갔다. 빛나로가 바닷말 숲 깊숙한 곳까지 헤엄쳐 들어간 것은 이 때가 처음이었다. 바닷말 숲이 너무 어둠침침해 조금 들어갔다가도 이내 나오곤 했던 것이다. 숲은 어둡고 스산했다. 흐늘거리며 몸에 감겨 오는 바닷말도 기분 나빴지만, 빛나로는 꾹 참으면서 어머니를 뒤따라 갔다.

한참 뒤, 어머니와 빛나로는 널찍한 모래밭에 이르렀다. 바닷말 숲 안쪽에 이런 빈터가 있다니 놀라운 일이었다. 더욱 놀라운 것은 모래밭 한가운데 놓여 있는 크고 둥근 구슬이었다. 빛나로의 몸집보다 두 배는 더 큰 듯한 구슬은 진주처럼 영롱한 빛을 내뿜고 있었다.

어머니가 구슬 앞으로 다가갔다. 빛나로도 다가갔다.

"엄마, 웬 구슬이에요?"

"여의주란다. 하늘의 상제님께서 바다의 용왕들에게 특별히 내리신 구슬이지."

어머니가 가르쳐 주었기 때문에 빛나로도 상제님이 어떤 분인지 알고 있었다. 하지만 용왕이 누구인지는 알지 못했다.

"용왕이라구요? 용왕은 누군가요?"

"용왕은 이 바다를 다스리는 임금이란다. 용을 부리는 특별한 힘을 지녔지. 자세한 이야기는 잠시 후에 들려 줄 테니, 먼저 상제님께 절부터 올리자꾸나."

빛나로는 어머니와 함께 물 위쪽을 바라보며 네 번 머리를 조아렸다. 그런 다음 어머니는 구슬을 향해 머리를 조아리며 말했다.

"자비로우신 상제님. 서해 용왕의 아들 빛나로가 아비의 모습을 보기를 청하오니, 부디 빛나로에게 아비를 보여 주소서."

서해 용왕의 아들 빛나로! 난생 처음 듣는 말에 놀라, 빛나로는 눈을 크게 떴다. 그 때 영롱한 빛을 내뿜던 여의주가 투명해지더니 그 속에 한 사람의 모습이 나타났다. 긴 수염에, 머리는 풀어 내렸고, 마흔이 훨씬 넘어 보이는 남자였다. 그 사람은 흰 바지저고리를 입고 책상다리를 한 채, 좁고 어두운 방에 앉아 있었다.

"빛나로, 잘 보아라. 이분이 네 아버지시다."

"이분이 아버지라니요? 그럼 난 거북이 아닌가요?"

빛나로는 눈을 더욱 크게 뜨고 여의주를 들여다보았다. 순간 여의주 속의 사람은 사라져 버렸다. 여의주는 처음처럼 영롱한 빛을 내뿜을 뿐이었다.

"엄마, 이게 다 어찌 된 일이에요? 어서 말씀해 주세요."

어머니는 눈물을 글썽이며 지난 일들을 모두 이야기해 주었다. 비로소 빛나로도 모든 것을 알게 되었다. 너무 놀랍고 황당한 일이어서, 빛나로는 한동안 아무 말도 못 했다.

"이제 알겠니, 빛나로? 아버지가 널 얼마나 사랑하셨는지. 아버진 널 살리려고 하나뿐인 목숨까지도 버릴 각오를 하셨단다. 다행히 상제님께서 목숨만은 살려 주셔서, 아버지도 우리도 이렇게 살아 있는 거란다."

여의주로 잠깐 본 아버지의 해쓱한 모습이 되살아났다. 빛나로는 날카로운 칼에 찔리기라도 한 듯 마음이 아팠다. 여전히 뭐가 뭔지 잘 알 수 없었지만, 아버지의 큰 사랑만은 가슴 깊이 느낄 수 있었다. 빛나로의 두 눈에도 눈물이 어렸다.

"빛나로, 상제님께서 언약하셨단다. 언젠가는 네게 아버지의 죄를 씻을 수 있는 길을 알려 주시겠다고……. 그때가 언제가 될지는 모르겠다만, 아버지를 구하고, 허물어진 용궁을 다시 세울 수 있는 사람은 너뿐이다. 어미와 네가 다시 사람으로 돌아가는 일도 너한테 달렸어. 할 수 있 겠지, 빛나로?"

빛나로는 눈물 어린 눈으로 어머니를 보며 고개를 끄덕였다.

다시 많은 날들이 흘러갔다. 흘러간 날들만큼 빛나로는 철이 들었고, 나이도 들었다. 또 그만큼 많은 것들도 알게 되었다. 빛나로가 알아야 할 모든 것을 어머니가 가르쳐 주었다.

빛나로는 상제님이 다스리는 하늘 세상은 어떠한지, 땅에 사는 사람들은 어떻게 살아가는지, 다 알게 되었다. 사람의 도리가 어떠한 것인지도 배웠다.

어머니가 빛나로에게 가장 공들여 가르친 것은 바닷속 일이었다. 바닷속에 어떤 물고기들이 사는지, 용왕은 바닷속 나라를 어떻게 다스려야 하는지, 또 땅에 사는 사람들에게는 어떤 도움을 주어야 하는지도 배웠다. 그건 먼 훗날, 빛나로가 허물어진 용궁을 다시 세우고, 아버지의 뒤를 이어 용왕이 되는 바로 그 날을 위한 공부였다.

빛나로는 해마다 한 번씩, 정월 대보름날 아버지를 보았다. 여의주로 아버지의 모습을 잠깐씩 볼 때마다 빛나로는 슬픔이 바닷속처럼 깊어지는 것을 느꼈다.

'아, 나 때문에 아버지는 하늘 뇌옥에 갇히셨어. 나 때문에 아름다운 용궁은 폐허가 되어 버렸고, 어머니는 거북이 되셨어. 그런데도 어머닌 한 번도 날 원망하지 않으셨고, 아버진 날 위해 모든 것을 버리셨어.'

어버이의 사랑을 사무치게 느낄 때마다 빛나로는 새삼스레 다짐했다.

'상제님께서 죄를 씻을 길을 일러 주시면, 난 꼭 그 일을 해낼 거야. 그래서 아버지를 하늘 뇌옥에서 구해 드리고, 어머니의 거북 허물도 벗겨 드리겠어. 허물어진 용궁도 도로 세워야지. 아, 상제님께서 하루빨리 죄를 씻을 길을 일러 주시면 정말 좋으련만…….'

5년이 지나, 빛나로가 열한 살이 되는 해가 되었다. 빛나로와 어머니는 설레는 마음으로 새해를 맞았다. 하늘복숭아가 열리는 해가 다시 돌아온 것이다.

새해 아침에 어머니는 밝은 목소리로 말했다.

"내 짐작에는 하늘복숭아가 열리는 해에 상제님께서 분명 네게 아버지의 죄를 씻을 길을 일러 주실 것 같구나. 올해가 부디 그런 해였으면 좋겠다."

빛나로도 어머니도 상제님의 생신날을 애타게 기다렸다. 지난 4년 동안은 아버지의 모습을 잠깐이라도 보고 싶어서 기다렸지만, 이번에는 남다른 희망 때문에 더욱 그 날을 기다렸다.

그러나 정월 대보름날 아침은 여느 해와 똑같았다. 아버지의 모습이 잠깐 여의주에 나타났다 사라지더니, 더 이상 아무 일도 일어나지 않았다. 어머니는 모래밭이 꺼질 듯이 한숨을 내쉬었다.

"이제 겨우 십 년이 지났을 뿐인데, 우리가 너무 성급했나 보다. 하늘복숭아가 다시 열리는 오 년 뒤를 기다려 보자. 자비로우신 상제님께서 그 때는 틀림없이 무언가 말씀이 계실 터이니……."

어머니는 눈물을 글썽이면서도 애써 웃음을 지어 보였다. 빛나로는 가슴이 찢어지는 것만 같았다.

'아버지, 오 년만 더 기다려 주세요. 만약 오 년 뒤에 상제님께서 길을 일러 주시면, 그 때 반드시 아버지와 어머니를 구해 드리고 용궁을 다시 세우겠어요. 제 목숨을 바쳐서라도 꼭 그렇게 하고 말겠어요.'

슬픔으로 온몸이 저릿저릿 저려 오는 것을 느끼면서 빛
나로는 다짐하고 또 다짐했다.

마침내 때가 오다

세월은 흐르는 물처럼 쉼없이 흘렀다. 하루하루는 무척 더디 가는 듯했는데, 어느새 5년이라는 세월이 훌쩍 지났다.

빛나로가 열여섯 살이 되는 새해 아침, 어머니가 나지막이 말했다.

"하늘복숭아가 열리는 해가 또 돌아왔구나. 이번 대보름날에는 꼭 좋은 일이 있어야 할 터인데……."

어머니가 바라는 좋은 일은 빛나로가 목을 쑥 빼고 기다리는 일이기도 했다.

"그래요, 어머니. 이번엔 꼭 상제님께서 일러 주실 거예

요. 어떻게 하면 제가 아버지의 죄를 씻을 수 있는지 말이에요."

빛나로와 어머니는 기도하듯 간절한 마음으로 정월 대보름날을 기다렸다.

"내일이구나. 오늘 밤 부디 좋은 꿈 꾸어라, 빛나로."

정월 대보름 전날 밤, 어머니가 말했다.

빛나로는 부서진 산호 기둥 아래 엎드려 잠을 청했다. 어머니는 좋은 꿈을 꾸라고 했지만 빛나로는 잠을 자면서 꿈을 꾼 적이 별로 없었다. 어쩌다 꿈을 꾸어도 황량한 용궁터 여기저기를 헤엄쳐 다니는 꿈이 고작이었다.

그런데 그 날 밤 빛나로는 정말 아주 특별한 꿈을 꾸었다. 꿈에서 용궁을 본 것이다. 허물어지지 않은, 눈부시고 찬란한 용궁은 신기루처럼 홀연히 꿈 속에 나타났다. 빛나로는 놀랍고 또 황홀하여 눈을 크게 떴다. 용궁의 전각이며 다락들을 자세히 보고 싶었다.

순간 눈앞에서 용궁이 사라졌다. 저를 빤히 바라보는 어머니의 두 눈이 보일 뿐이었다. 빛나로는 어리둥절해하며 사방을 둘러보았다. 백옥 층계 아래쪽에 황금 기와 조각이 뒹구는 모래밭과 하늘거리는 바닷말이 보였다. 늘 보던 풍경이었다.

"빛나로, 용궁 꿈을 꾸었지? 허물어지지 않은 용궁 꿈……, 그렇지?"

어머니가 들뜬 목소리로 물었다. 빛나로는 고개를 끄덕였다.

"네, 아주 짧은 꿈이었지만 전 분명 용궁을 보았어요. 용궁은 정말 아름답고 눈부셨어요. 그런데 어머닌 그걸 어떻게 아셨어요?"

"어미도 꿈을 꾸었지. 네가 꾼 것과 똑같은 꿈을. 그건 상제님의 계시란다. 마침내 때가 왔음을 알려 주는 계시."

"어머니, 우리 어서 가 봐요. 여의주가 있는 곳으로요."

빛나로와 어머니는 바닷말 숲으로 헤엄쳐 들어갔다. 숲 속 널찍한 빈터, 여의주 앞에서 어머니와 빛나로는 상제님께 절을 네 번 올렸다. 그런 다음, 어머니는 여의주를 향해 머리를 조아리며 말했다.

"자비로우신 상제님. 서해 용왕의 아들 빛나로가 아비의 모습을 보기를 청하오니, 부디 빛나로에게 아비를 보여 주소서."

여의주가 투명해지면서 아버지의 모습이 나타났다. 빛

나로는 조마조마한 마음으로 아버지를 뚫어져라 바라보았다. 해마다 그랬던 것처럼 아버지의 모습이 이내 사라져 버릴까 봐 두려웠다.

바로 그 때, 여의주에서 소리가 울려 나왔다. 빛나로가 난생 처음 듣는 아버지의 목소리였다.

"내 아들 빛나로야, 아비는 오랫동안 이 날을 기다려왔다. 자비로우신 상제님을 대신하여 너에게 아비의 죄를 씻을 길을 일러 주는 이 날을……."

빛나로는 놀랍고 기뻐, 여의주에서 눈을 떼지 못했다. 아버지의 말이 이어졌다.

"빛나로, 상제님께서 말씀하셨다. 아들에 대한 눈먼 사랑 때문에 용궁이 허물어졌으니, 이제 그 아들이 아름다운 사랑을 이루어 다시 용궁을 세워야 한다고……."

빛나로는 아버지의 말이 무슨 뜻인지 알 수가 없어, 잠자코 다음 말을 기다렸다.

"예전에 아비가 다스렸던 서해에 인당수라는, 물살이 아주 센 곳이 있단다. 올 사월 보름날에 인당수를 지나는 큰 장삿배 상인들이 서해 용왕에게 제물을 바치면서 제사를 드릴 것이다. 그 사람들은 서해 용왕이 죄인이 된 줄 알지 못하니, 오래 전부터 해 오던 대로 험한 바다를 무사히 지나가고, 장사도 잘 되게 해 달라고 제사를 드리는 것이지. 그 때 바치는 제물은 살아 있는 사람, 혼이 깨끗한 처녀란다."

순간 아버지의 모습이 여의주에서 사라지더니 다른 사람의 모습이 나타났다. 열네댓 살쯤 되어 보이는 앳된 처녀였다.

여의주에서 아버지의 목소리가 다시 울려 나왔다.

"빛나로, 이 처녀를 잘 봐 두어라. 이 처녀가 바로 올봄에 인당수에서 제물로 바쳐질 심청이란다. 나이는 열다섯 살이지. 상제님께서는 혼이 깨끗하고 아름다운 청이를 무척 마음에 들어 하신단다. 그래서 청이가 용궁 왕자의 왕자비가 되어, 땅에서 누리지 못한 복을 용궁에서 누리기를 바라신단다."

빛나로는 여의주에 얼비친 처녀를 자세히 바라보았다. 눈매가 곱고, 기품이 있어 보이는 처녀였다. 문득 빛나로의 가슴 속에서 물무늬 같은 설렘이 일었다.

"아들아, 심청이가 인당수에 빠져 죽은 다음, 너는 청이의 혼에게 청을 해야 한다. 너처럼 거북으로 환생하여 이 바다에서 함께 살자고 말이다. 청이가 네 마음을 받아들여 거북이 되겠다고 한다면, 그래서 네가 사랑을 이룬다면, 넌 거북의 탈을 벗고 용왕의 아들 빛나로로 돌아갈 수 있을 것이다. 네 어미와 용궁도 예전의 모습을 되찾고, 아비도 이 어두운 하늘 뇌옥에서 풀려날 것이다."

여의주에서 처녀의 모습이 사라지고 아버지의 모습이 도로 나타났다. 아버지는 잠시 아무 말 없이 빛나로만 바라보았다. 그 모습이 너무 슬퍼 보여 빛나로는 가슴이 저렸다. 아버지가 입을 열었다.

"그러나 청이의 혼이 네 청을 받아들이지 않는다면, 넌 청이의 혼을 하늘로 돌려보내야 한다. 땅에 사는 사람들이 죽으면 가는 저승으로 보낸 다음, 우리는 또다시 오랜 세월을 기다려야 한다. 심청이처럼 혼이 깨끗하고 아름다운 처녀가 인당수에 제물로 바쳐질 때까지……."

빛나로는 저도 모르게 고개를 저었다. 기다림이 얼마나 견디기 힘든 벌인지, 빛나로는 이제 잘 알고 있었다. 오로지 이 날만을 기다려 온 지난 십 년이 빛나로에게는 천 년이나 다름없었다. 언제가 될지도 모르면서 끝없이 기다리는 일은 이제 더는 할 수 없을 것 같았다.

"아뇨, 아버지. 심청이의 혼이 반드시 제 청을 받아들이도록 만들겠습니다. 이번에 아버지는 꼭 하늘 뇌옥에서 풀려나 용궁으로 돌아오시게 될 거예요."

"그러려면 청이의 마음을 얻어야 한다. 내일부터 당장 물 밖으로 나가, 청이의 마음을 얻도록 애써 보아라. 네가 사람이 아니고, 거북의 탈을 쓰고 있는지라 네 마음을 전하기가 쉽지 않을 거다. 허나 정성이 지극하면 하늘도 움직이는 법. 네가 마음을 다해 청이를 사랑한다면 네 마음이 청이에게 전해질 수도 있을 것이다."

여의주에서 아버지의 모습이 사라지고, 이어 작은 마을 풍경이 떠올랐다.

"심청이는 조선, 황해도 복사골이란 마을에 살고 있다. 네가 용궁 밖으로 나가 곧장 물 위로 올라가면 바닷가에 이르고, 거기서 얼마 더 들어가면 심청이가 사는 복사골이 나올 것이다. 바로 이 마을이란다. 청이의 집을 찾는 건 그리 어렵지 않을 게다. 네 마음이 네게 길을 가르쳐 줄 테니까."

여의주 속 그림이 바뀌어 눈먼 젊은 선비와 아내의 모습이 나타났다.

"심청이의 아버지 심학규다. 원래는 양반으로 글공부를 하고 있었는데, 스무 살 때 갑자기 눈이 멀어, 장님이 되었구나. 심학규의 아내 곽 씨 부인은 어질고 현명한 여인이라, 삯바느질로 살림을 꾸려 나가면서 눈먼 남편을 극진하게 보살폈지."

이번에는 여의주 속에 갓난아이를 안고 동네 아낙들에게 젖동냥을 다니는 심학규의 모습이 나타났다.

"심학규는 늦게서야 딸을 하나 두었는데, 불행히도 곽씨 부인은 딸 청이를 낳자마자 세상을 떠났단다. 그래서 심학규는 동네 아낙들에게 젖을 동냥하여 청이를 키웠지."

대여섯 살이 된 청이가 남의 집에서 밥을 얻어다 아버지를 봉양하는 모습과, 좀더 자란 청이가 남의 집 일을 해 주고 그 품삯으로 살림을 꾸려 가는 모습이 잇따라 여의주에 나타났다가 사라졌다.

"청이는 효성이 지극하고 총명한 처녀다. 삯바느질도 하고 품도 팔아 아버지를 봉양하면서, 틈틈이 글도 읽는단다. 눈먼 아버지가 옛 기억을 더듬어 글을 가르쳐 주었고, 청이는 아버지가 공부하던 책을 보면서 글을 깨우쳤지. 그런 청이가 네 짝이 된다면, 이 다음에 어떤 왕비보다 훌륭한 왕비가 되어 용왕이 된 너를 잘 보필할 것이다."

"청이는 분명 제 짝이 될 겁니다. 꼭 청이의 마음을 얻고야 말겠어요."

빛나로는 아버지를 바라보며 힘주어 말했다.

"빛나로, 청이의 마음을 얻으려면 네가 먼저 진심으로 청이를 사랑해야 한다. 오로지 아비의 죄를 씻겠다는 마음으로 청이에게 다가간다면, 넌 결코 청이의 마음을 얻지 못할 것이다. 아비의 말을 명심하여라."

"네, 아버지. 아버지의 말씀, 마음 깊이 새기겠습니다."

"그리고 어느 때든 네가 원할 때, 꼭 한 가지 소원을 들어 주시겠다고 상제님께서 약속하셨다. 어떤 소원이든 다 들어 주실 것이니, 잘 생각해서 꼭 필요한 때에 상제님께 청하도록 하여라. 마지막으로 용궁 정문을 여는 주문을 일러 줄 것이니, 용궁 밖으로 나갈 때나 다시 들어올 때, 이 주문을 쓰도록 하여라."

주문을 일러 주는 것을 끝으로, 아버지의 모습은 여의주에서 사라졌다. 여의주는 여느 때처럼 영롱한 빛을 내뿜을 뿐이었다. 어머니와 빛나로는 저마다 깊은 생각에 잠겨, 여의주 앞에 웅크리고만 있었다. 한참 뒤에 어머니가 빛나로를 돌아보았다.

"사월 보름이면 꼭 석 달 뒤구나, 석 달."

어머니는 혼잣말처럼 중얼거렸다. 빛나로는 그 짧은 말 뒤에 숨은 어머니의 마음을 헤아릴 수 있었다. 빛나로는 어머니를 마주 보며 고개를 끄덕였다. 빛나로는 말보다 훨씬 강한 눈빛으로 어머니에게 제 마음을 전했다.

'어머니, 절 믿으세요. 석 달 뒤에 어머닌 도로 왕비가 되고, 용왕이신 아버지도 만나게 될 거예요. 또한 석 달 뒤에 어머닌 보시게 될 거예요. 거북이 아닌, 아들의 진짜 모습을요. 사실은 저도 무척 궁금하답니다. 본래 제 모습이 어떤지, 정말 알고 싶어요.'

청아 청아 예쁜 청아

다음 날 아침 일찍, 빛나로는 어머니와 함께 용궁 정문
으로 가, 아버지가 가르쳐 주신 대로 주문을 외웠다.

"서해 용왕의 이름으로 명하노니 열려라, 문아. 활짝 열
려라!"

바위처럼 굳건히 닫혀만 있던 정문이 스르르 열렸다.

"다녀올게요, 어머니."

"그래, 잘 다녀오너라. 너무 늦지 말고."

빛나로가 문을 나서자 문이 도로 굳게 닫혔다. 빛나로는
네 발을 놀려 물 위쪽으로 헤엄쳤다.

얼마나 헤엄쳤을까? 조금만 더 가면 물 밖이려니 생각하

면서 빛나로가 위쪽으로 몸을 솟구칠 때였다. 갑자기 무언가가 빛나로의 몸에 휘감겨 왔다. 그물이었다. 빛나로는 그물을 벗어나려고 몸부림쳐 보았지만 그럴수록 그물은 더욱 친친 휘감겨 왔다.

그 때 누군가가 그물을 잡아당겼다. 빛나로는 그물에 휘감긴 채 물 밖으로 질질 끌려 나가다가 바닷가 모래밭에서 겨우 멈추어 섰다. 빛나로는 어찌 된 영문인지 알아보려고 고개를 들었다. 눈앞에 두 사람이 우뚝 서서 빛나로를 빤히 내려다보고 있었다. 어깨가 떡 벌어진 총각과 열 살쯤 된 사내아이였다.

"오늘은 재수가 좋구나. 그물을 놓자마자 거북이 걸려들다니."

"거북이 정말 귀엽다. 안아 봐도 될까, 형?"

"물지도 몰라. 그냥 보기만 해."

"형, 이거 어떻게 할 건데?"

"아랫마을 의원한테 팔 거야. 거북은 귀한 약이 되거든. 등껍질도 쓰이는 데가 많대. 값을 꽤 받을 수 있을 거다."

"아직 작은 거북인데 우리가 키우면 안 될까?"

"그런 건 부잣집 도련님이나 하는 거야. 우린 거북을 팔아서 양식을 사야 한다구."

빛나로는 눈앞이 캄캄했다. 자칫 잘못하다가는 의원에게 팔려가 목숨을 잃을 판이었다.

문득 상제님의 약속이 생각났다.

'정말로 목숨이 위험해지면 상제님께 살려 달라고 부탁 드려야겠지. 꼭 한 가지 소원은 들어 주겠다고 하셨으니까…….'

그러나 그 소원은 꼭 필요한 때를 위해 남겨 두고 싶었다. 지금 그 소원을 써 버리면, 나중에 분명 후회하게 될 것 같았다.

'하는 데까지 해 보자. 하늘이 무너져도 솟아날 구멍은 있다고 했어.'

빛나로는 고개를 움츠리면서 눈을 감았다. 죽은 듯이 있다가, 사람들이 마음 놓은 틈을 타 달아날 생각이었다.

"누나, 어디 가?"

사내아이가 반갑게 외치는 소리가 들리더니, 누군가 가까이 온 듯 인기척이 느껴졌다. 빛나로는 여전히 죽은 듯 눈을 감고만 있었다.

"윗마을 진사 어른 댁에 옷 지은 거 갖다 주러 가. 그런데 이게 뭐야?"

"거북이야. 형이 놓은 그물에 잡혔어."

"이 거북이 어떡할 건데?"

"형이 의원한테 판대. 난 기르고 싶은데."

"오라버니, 거북이 살려 줘. 가엾잖아."

살려 주라는 말에 빛나로는 저도 모르게 눈을 번쩍 떴다. 그 순간 자기를 내려다보는 맑은 눈동자와 눈이 마주쳤다. 예쁜 얼굴도 보였다. 빛나로는 숨이 멎는 것만 같았다. 심청이, 여의주에서 본 심청이가 바로 눈앞에 서 있었다.

'네가 심청이구나, 네가……'

빛나로는 멍하니 청이만 쳐다보았다. 문득 허물어진 용궁이 눈앞에 어른거렸다. 하늘 뇌옥에 갇힌 아버지와 거북이 된 어머니도 떠올랐다. 거북이 되어 그물에 잡힌 제 처지도 서글퍼졌다. 빛나로의 눈에 눈물이 고였다. 가슴 밑바닥에서 뜨거운 무언가가 자꾸 치밀어 올라왔다. 빛나로의 두 눈에서 눈물이 뚝뚝 떨어졌다.

"봐, 살려 달라고 이렇게 울고 있잖아."

"어, 정말이네. 형, 거북이 정말 울어."

"난 모진 놈이야. 너희 둘이 지금 내 앞에서 울어도 난 눈썹 하나 까딱 안 해."

"오라버니, 그러지 말고 놓아 줘. 오늘 진사 어른 댁에서 품삯을 받으면 내가 거북 값을 줄게."

"품삯을 얼마나 받는데?"

사내아이가 물었다. 그러자 총각이 얼른 말했다.

"네 품삯을 어떻게 받냐? 차라리 벼룩의 간을 내먹지."

"그럼 거북이 놓아 주는 거지? 거북이 방생하면 오라버니도 복 많이 받을 거야."

"형, 어서 그런다고 해. 지난번에 엄마가 편찮으실 때 청이 누나가 죽도 쑤어다 줬잖아. 어서, 형."

"이게 다 너 때문이야, 녀석아. 괜히 가는 사람 불러 가지고는."

총각은 투덜대면서 그물을 풀어 들어올렸다. 그물 때문에 답답했던 빛나로의 눈앞이 시원하게 트였다. 빛나로는 청이를 다시 쳐다보았다.

'고마워, 청아. 넌 마음도 얼굴도 아주 예쁘구나.'

청이가 웃으며 말했다.

"거북아, 어서 바다로 돌아가. 이제 다시는 사람들 그물에 걸리지 마라."

빛나로는 바다 쪽으로 엉금엉금 기었다. 아무래도 오늘은 그냥 용궁으로 돌아가야 할 것 같았다. 파도가 밀려와 빛나로의 발을 적셨다. 빛나로는 파도에 몸을 맡기면서 뒤를 돌아보았다. 저만치 모래밭에서 청이와 총각과 사내아이가 빛나로에게 손을 흔들어 보였다.

빛나로는 바닷속으로 자맥질해 들어갔다. 아래로, 아래로 한없이 헤엄쳐 내려가 용궁 정문 앞에 이르렀다. 아까처럼 주문을 외자 문이 스르르 열렸다.

뜻밖에도 일찍 돌아온 빛나로를 보고 어머니는 눈을 동그랗게 떴다. 빛나로는 그물에 걸린 일이며, 사람들이 도로 놓아 준 일을 모두 이야기했다.

그러나 저를 살려 준 사람이 바로 청이었다는 사실은 말하지 않았다. 그 일은 왠지 마음 속에 몰래 담아 두고 싶었다.

"내일부터는 새벽에 나갔다 해가 지면 돌아올게요. 그래야 사람 눈에 덜 띌 테니까요. 바닷속에 쳐 놓은 그물도 물론 조심할 거고요."

어머니가 고개를 끄덕였다.

"하마터면 큰일날 뻔했구나. 그래, 오늘은 좋은 경험을

했다 생각하고 푹 쉬어라. 내일부터는 모든 일이 다 잘 될 거다."

빛나로는 부서진 산호 기둥 옆에 엎드렸다. 아무 생각도 하지 않고 쉴 참이었는데, 청이 얼굴이 문득 떠올랐다. 가슴이 쿵쿵 뛰었다. 마음이 걷잡을 수 없이 설렜다. 점점 멀리 번져 나가는 물무늬처럼, 쉴새없이 흔들리는 바닷말처럼, 설렘이 마음을 마구 뒤흔들었다. 가슴이 펑 소리내며 터질 것만 같았다.

빛나로는 눈을 감고 자는 척했다. 만지기만 해도 부서질 것 같은 여리고 화사한 그 마음을 어머니에게 들키고 싶지 않았다.

이튿날 새벽, 빛나로는 물 밖으로 나갔다. 바닷가 마을을 지나, 외진 산길을 엉금엉금 기어 복사골에 닿았다. 다행히 사람들 눈에 띄는 일 없이 청이의 집 앞에 이르렀다. 빛나로는 자그마한 초가집 마당으로 들어가 부엌 앞에 엎드렸다.

방문이 열리더니 청이가 나왔다. 막 부엌으로 들어가려던 청이는 저도 모르게 나지막이 소리를 질렀다. 부엌 앞에 웅크리고 있는 거북 때문이었다.

빛나로가 청이를 빤히 올려다보자, 청이도 잠시 거북을 내려다보았다.

"너, 어제 그 거북이구나."

빛나로는 고개를 끄덕였다. 빛나로가 고개를 끄덕이는 것이 신기한 듯 청이는 조금 웃었다.

"우리 집엔 어떻게 왔어? 바다로 돌아가지 않았니?"

빛나로는 이번엔 고개를 저었다.

"바다로 돌아갔다가, 살려 줘서 고맙다는 인사를 하려고 날 찾아온 거니?"

청이가 다시 물었다. 그러자 빛나로가 고개를 끄덕였다.

"거북이 신령한 동물이라더니 정말 그런 모양이네. 네 맘 알겠어. 하지만 여기서 얼쩡거리다가는 사람들 눈에 띌지도 몰라. 어젠 삼돌이 오라버니 같은 착한 사람을 만나 다행이었지만, 세상에는 착한 사람만 사는 게 아니거든. 그러니 어서 네 집으로 돌아가."

빛나로는 고개를 저었다.

"알았어. 네가 있고 싶을 때까지 있다가 가고 싶을 때 돌아가. 하지만 조심해야 돼. 사람들 눈에 띄면 또 잡힐지도 몰라."

　빛나로는 고개를 끄덕였다. 제 마음이 조금은 청이에게 통한 것 같아 기뻤다. 앞으로 자주 만나다 보면 언젠가는 청이도 빛나로를 좋아하게 될지도 모른다. 물에 빠져 죽은 다음, 청이의 혼이 하게 될 말이 벌써부터 귓가에 들리는 듯했다.

　"거북아, 나도 너를 좋아해. 너처럼 거북이 되고 싶을 만큼, 널 좋아해. 사람으로 다시 태어나지 않아도 좋아. 거북으로 환생하여 너랑 같이 이 바닷속에서 살겠어. 세상이 끝나는 날까지, 바닷물이 다하는 그 날까지."

　찬란하게 세워진 용궁이 어른거렸다. 위엄 있는 용왕 아버지와 아름다운 왕비 어머니도 떠올랐다. 용궁 사람으로 다시 태어난 청이와 청이 앞에 서 있는 사람이 된 제 모습도 무지개처럼 아련하게 얼비쳤다. 사람이 된 제 모습을 생각만 해도 가슴이 뛰었다.

　'석 달 뒤, 너한테서 꼭 그런 말을 듣고 말 거야, 꼭!'

　새삼 다짐하면서, 빛나로는 숨을 크게 들이마셨다.

　그 날 내내 빛나로는 청이 곁에 있었다. 청이가 부엌으로 들어가면 따라 들어가고, 마당으로 나가면 또 따라 나갔다. 청이가 잠시 집 밖으로 나가거나 방 안으로 들어가면 마루 밑에서 청이를 기다렸다.

해질 무렵 청이가 부엌에서 저녁밥을 지을 때는 청이 옆에 가만히 웅크리고 있었다. 청이는 이따금 빛나로를 돌아보며 말을 걸었다.

"참 이상하지? 오래 전부터 네가 이렇게 내 옆에 있었던 것 같은 생각이 드니 말야. 네가 있으니까 쓸쓸하지 않아서 좋아. 사실 하루 일을 끝내고 혼자 부엌에서 저녁밥을 지을 때면 가끔 쓸쓸하다는 생각이 들곤 했거든. 그래서 사람들이 개든 고양이든 짐승을 키우나 봐. 이렇게 동무가 되어 주니……."

빛나로는 고개를 끄덕였다. 청이가 저를 동무처럼 생각해 주어 기쁘다는 뜻이었다. 청이는 웃으며 가만히 손을 뻗어 빛나로의 머리를 쓰다듬어 주었다. 순간 빛나로는 아득한 느낌이 들어 저도 모르게 고개를 움츠렸다.

"아까도 밖에 나갔다 돌아오면서 네가 집에 그대로 있었으면 좋겠다는 생각을 했단다. 집에 돌아와서 네가 안 보이면 어쩐지 서운할 것 같았어."

밥이 다 되자 청이는 상을 차렸다.

"아버지 진지 드시고 난 다음에 너한테도 저녁을 줄게. 그런데 거북은 무얼 먹지?"

빛나로는 걱정 말라는 듯 고개를 저었다. 빛나로는 하루에 한 번만 백옥 층계 아래에서 샘솟는 물을 마시면 된다.

"먹지 않아도 된다는 거니?"

청이가 다시 물었다. 빛나로는 고개를 끄덕였다.

"아무튼 조금 있다 뭐든 챙겨 줄게. 사람이든 짐승이든 굶고는 못 사는 거야."

청이가 상을 들고 방으로 들어가자 빛나로도 마당으로 나왔다. 해가 막 서산을 넘어가, 하늘은 온통 얼얼한 노을빛이었다. 빛나로의 마음도 노을빛으로 물드는 것만 같았다.

방 안에서 도란도란, 청이와 청이 아버지의 말소리가 들렸다. 빛나로는 잠시 방 쪽을 바라보다가 집 밖으로 나왔다.

밤이 꽤 깊어서야 빛나로는 용궁에 닿았다. 어머니가 반갑게 말했다.

"이제야 돌아왔구나. 해가 졌는데도 안 돌아오기에, 또 무슨 일이 있는 건 아닌가, 하고 걱정했단다."

"날마다 이맘때쯤 돌아올 거예요. 일이 잘 될 것 같으니 아무 걱정 마세요."

자세한 이야기를 듣고 싶어하는 어머니에게 짤막하게 말하고 빛나로는 제자리에 엎드렸다. 청이가 생각났다. 헤어진 지 얼마 되지 않았는데도 청이가 보고 싶고 그 목소리를 듣고 싶었다.

　'청아, 청아, 예쁜 청아.'

　노래하듯, 마음 속으로 청이를 불러 보았다. 그냥 '청아' 하고 부르는 것보다 '청아, 청아, 예쁜 청아'라고 부르는 것이 훨씬 청이한테 어울리는 것 같았다.

　'청아, 청아, 예쁜 청아……'

　'청아, 청아, 예쁜 청아……'

　빛나로는 마음 속으로 청이를 부르고 또 불렀다. 아무리 불러도 싫증나지 않는 이름이었다.

나는 너를 꿈꾸건만

이른 아침, 설거지를 마친 청이는 마당으로 나왔다. 늘 청이를 따라다니는 거북도 엉금엉금 부엌 문지방을 넘었다.

그 거북이 청이네 집으로 찾아온 것은 한 달 보름 전이었다. 길이가 한 자 반이 조금 못 되는 거북은 너무 크지도 작지도 않아서 집에서 기르기에 알맞았지만, 예사 거북은 아닌 듯했다. 저녁이면 어디론가 슬그머니 사라졌다가 새벽이 되면 부엌 앞에 웅크리고 있는 것도 예사롭지 않고, 먹이를 주어도 전혀 먹지 않는 것 또한 이상했다.

이상한 거북 한 마리가 집에 들어왔다는 말을 듣고 아버지는 말했다.

"그 거북이 전생에 너하고 남다른 인연이 있었나 보다. 인연이 있으니 하필 거북이 그물에 잡혔을 때 네가 그 곳을 지나간 것이고, 거북 또한 인연 따라 널 찾아온 게 아니겠니. 아무튼 내 집에 들어온 사람이나 짐승은 내치는 법이 아니니 네가 잘 거두도록 해라."

청이는 거북과 함께 살게 된 것이 기뻤다. 눈먼 아버지와 단둘이 살 때보다 집 안에 훨씬 생기가 도는 듯했다. 거북은 청이를 무척 따랐다. 청이가 집에 있을 때는 강아지처럼 졸졸 따라다녔고, 바깥에 나갔다 돌아오면 마루 밑에서 얼른 기어 나왔다. 청이도 거북을 귀여워했다. 아침저녁으로 부엌에서 밥을 지을 때, 제 옆에 엎드린 채 제 말을 다 들어주는 거북은 짐승이 아니라 오랜 친구 같았다. 또 오늘처럼 남의 집 일을 해 주러 가는 날에는 거북이 집을 잘 지켜 줄 것 같아 든든한 느낌마저 들었다.

청이는 마루 앞에 서서 아버지에게 말했다.

"아버지, 다녀올게요. 이따 오후 늦게나 돌아올 거예요. 점심 진지는 윗목에 차려 두었어요."

방문이 열리더니 아버지의 얼굴이 반쯤 문 밖으로 나왔다.

"오냐, 잘 다녀오너라."

방문이 도로 닫힌 뒤, 청이는 발치께 웅크리고 있는 거북에게 말했다.

"내가 돌아올 때까지 집 잘 지키고 있어야 한다."

거북은 마치 청이의 말을 알아들은 듯 고개를 주억거리고는, 사립문까지 따라 나와 청이를 배웅했다. 청이는 집을 나와 아랫마을 쪽으로 걸었다. 아랫마을 귀덕이네 밭일을 도와 주러 가는 길이었다.

때는 봄이었다. 먼 산과 들판에 연둣빛이 아른대고, 귀여운 박새들이 나뭇가지에서 즐겁게 재잘댔다. 얼굴을 스쳐 가는 바람도 꽃 향내를 품은 듯 향긋했다. 청이는 부지런히 걸으면서 맑은 봄 향기를 한껏 들이마셨다. 이른 아침, 다니는 이 없는 길을 호젓하니 걷는 것은 기분 좋은 일이었다.

그 때 저만치 앞쪽에서 사람들이 나타났다. 선비 차림의 두 남자였다. 언뜻 보기에 한 사람은 앳된 젊은이였고, 또 한 사람은 수염이 길고 나이가 들어 보였다. 두 사람이 가까이 오자 청이는 잠시 길 옆으로 비켜 섰다. 눈길을 내리깔고 두 사람이 지나가기를 기다리는데, 낯선 목소리가 귓전으로 날아들었다.

"저, 아가씨. 무릉촌으로 가려면 어느 길로 가야 하는지요?"

청이는 고개를 들었다. 젊은 선비가 청이를 보며 길을 묻고 있었다. 의젓하고 맑은 느낌을 주는 젊은이였다.

"이 길로 죽 가시면 두 갈래 길이 나옵니다. 오른쪽 길로 접어들어 계속 올라가시면 무릉촌에 이르실 거예요."

청이는 젊은이를 마주 보기가 부끄러워 눈길을 떨어뜨리면서 대답했다.

"고맙소, 아가씨. 그럼."

젊은이가 가볍게 고개 숙여 인사를 했다. 청이도 얼결에 젊은이를 마주 보며 함께 고개를 숙였다. 두 사람은 청이가 온 길로 걸어갔다. 청이도 다시 걷기 시작했다.

얼마 뒤, 청이는 저도 모르게 뒤돌아보았다. 제가 걸어온 길만 길게 뻗어 있을 뿐, 두 사람의 모습은 보이지 않았다.

청이는 아랫마을 귀덕이네 밭으로 갔다. 일을 하면서 청이는 몇 번인가 먼 들판이며 하늘에 눈길을 주곤 했다. 그때마다 눈앞에 얼굴 하나가 어른거렸다. 오는 길에 만났던 젊은 선비의 얼굴이었다. 청이는 얼굴을 붉히며 고개를 저었다.

'내가 왜 이러지? 왜 자꾸 알지도 못 하는 사람을 생각하는 거지? 그분은 내게 다만 길을 물어보았을 뿐인데……'

오후 늦게 밭일을 마치고 돌아오면서 청이는 젊은이를 만났던 곳에서 문득 멈추어 섰다. 이른 아침에 있었던 그 일이 꿈 속의 일처럼 아련했다.

'그분은 누굴까? 먼 데서 오신 분 같았는데……'

청이는 잠시 그 자리에 서 있다가 집으로 돌아왔다. 아버지에게 다녀왔다고 말한 다음, 청이는 마루 끝에 걸터앉아 한동안 멍하니 하늘만 바라보았다.

문득 거북이 치맛자락을 물고 잡아당겼다. 청이는 퍼뜩 정신을 차리고 거북을 보았다. 거북이 이상하다는 듯 저를 빤히 쳐다보고 있었다.

"참, 저녁 지어야지. 아버지 시장하실 텐데."

청이는 부엌으로 들어갔다. 물독에 물이 얼마 남지 않아서 청이는 물동이를 이고 마당으로 나왔다.

"물 길어 올게, 거북아."

청이는 집 뒤쪽 산기슭으로 올라갔다. 그 곳에 맑은 물이 퐁퐁 솟는 샘이 있었다. 청이는 샘가에 쭈그리고 앉아 바가지로 물을 떴다. 얼마 뒤, 물동이에 물이 가득 찼다. 청이는 자리에서 일어섰다.

그 때 뒤에서 발소리가 들렸다. 청이는 뒤돌아보았다. 뜻밖에도 이른 아침에 보았던 젊은 선비가 다가오고 있었다. 청이는 저도 모르게 얼굴을 붉히며 고개를 떨어뜨렸다.

"물 한 모금 마실 수 있을까요?"

청이는 두 손으로 조심스레 바가지에다 물을 떠서는 선비에게 건네 주었다. 선비는 물을 다 마시더니 바가지를 청이 앞으로 내밀었다.

"고맙소이다. 아침에도 길을 가르쳐 주어서 고마웠는데."

청이는 무언가에 끌린 듯 선비를 바라보았다. 선비는 청이를 마주 보며 보일락 말락 웃었다. 그 모습이 봄꽃처럼 눈부시고 아름다웠다.

바가지를 받아드는 청이의 손이 가늘게 떨렸다. 선비는 아침처럼 청이에게 가볍게 고개 숙여 인사했다. 청이도 얼굴을 붉히며 고개를 숙였다. 청이가 다시 고개를 들어 보니, 저만치 걸어가는 선비의 뒷모습이 보였다. 문득 선비가 뒤돌아보았다. 짧은 순간, 선비와 청이의 눈이 마주쳤다. 선비는 조금 전처럼 보일락 말락 웃는 듯했다.

선비가 다시 발걸음을 옮겼다. 청이는 선비의 모습이 보이지 않을 때까지 우두커니 서 있다가 하늘을 쳐다보았다. 서산 언저리에 떠 있는 구름이 고운 노을빛으로 물들어 있었다. 눈물이 날 만큼 고운 빛이었다.

청이는 가만히 한숨을 내쉬고는 물동이를 머리에 이었다. 집으로 돌아와 여느 때처럼 저녁을 지었다. 그런 다음, 아궁이 앞에 쪼그리고 앉아 밥에 뜸이 들기를 기다렸다. 꼭 꿈을 꾸고 있는 듯, 모든 것이 아스라하기만 했다.

거북이 치맛자락을 물고 잡아당겼다. 청이는 거북을 돌아보았다. 고개를 쑥 내밀고 청이를 쳐다보는 거북은 청이가 여느 때와 어딘가 다르다는 것을 느끼고 있는 것 같았다.

청이는 중얼거리듯 말했다.

"거북아, 아침에 일 나가다가 젊은 선비를 만났단다. 그분은 내게 길을 물었어. 그리고 조금 전 샘가에서 그분을 또 만났단다. 물 한 모금 달라기에, 물을 떠 드렸지. 그뿐이야. 그뿐인데, 자꾸 그분이 생각나. 어디 사는 누구신지 알고 싶어. 내가 왜 이러는지, 나도 잘 모르겠어."

청이는 꿈꾸는 듯한 눈길로 아궁이의 불꽃을 바라보았다. 날름거리는 불꽃이 따뜻하고 아름답게 느껴졌다. 옆에 거북이 있다는 것도 까맣게 잊은 채 청이는 밤에 뜸이 다 들 때까지 불꽃만 바라보았다.

청이는 알지 못했다. 거북이 슬픔이 가득한 눈으로 청이 저만 쳐다보고 있다는 것을. 불꽃만 바라보는 저를 거북이 목을 쑥 빼고 쳐다보고 있다는 것을 청이는 정말 알지 못했다.

용궁으로 돌아가는 길은 멀고도 멀었다. 여태까지 한 번도 그 길이 멀거나 힘들다고 생각해 본 적이 없었는데, 오늘 길은 멀고 또 힘들었다. 사방에 어둠이 내려앉았고, 빛나로의 마음에는 더 짙은 어둠이 내려앉았다.

'청아, 청아, 예쁜 청아, 나는 너를 꿈꾸는데, 너는 다른 이를 꿈꾸고 있구나. 지난 한 달 보름 동안 너를 꿈꾸면서 나는 내내 행복했지. 네가 곁에 있으면 함께 있어서 기뻤고, 네가 없을 때는 가슴 설레는 기다림이 있어서 좋았단다. 그런데, 그런데……'

어느새 바닷가였다. 파도가 밀려와 빛나로의 온몸을 적셨다. 파도처럼 슬픔이 북받쳐 올랐다. 슬픔을 털어 내려는 듯, 빛나로는 고개를 저었다.

'네가 누구를 꿈꾸든, 난 변함없이 널 꿈꾸어야겠지. 아버지의 죄를 씻고, 용궁을 다시 일으켜 세우는 꿈, 네 마음을 얻는 꿈을 꾸어야겠지.'

빛나로는 바닷속으로 자맥질해 들어갔다. 마음이 무겁고, 그만큼 몸도 더 무거워져, 빛나로는 절로 가라앉았다. 바다보다 깊은 슬픔 속으로 한없이, 한없이 가라앉았다.

공양미 삼백 석

다시 전과 다름없는 나날이 흘러갔다. 용궁과 청이네 집을 오가고, 청이와 함께 있거나 청이를 기다리는 나날이었다.

그러나 빛나로의 마음은 예전 같지 않았다. 예전에 빛나로의 마음에는 늘 해맑은 기쁨이 어려 있었는데, 이제는 아릿한 슬픔에 젖을 때가 많았다. 가장 슬플 때는 부엌 아궁이 앞에 엎드려 밥이 되기를 기다리며 청이의 이야기를 들을 때였다.

요즘 청이는 다른 이야기는 거의 하지 않았다. 말없이 생각에 잠겨 있거나, 불쑥 젊은 선비 이야기를 하는 것이

고작이었다.

"그분, 어디 사는 누구실까? 지금 무얼 하고 계실까? 난 그분에 대해 아는 것이 아무것도 없는데 왜 자꾸 그분 생각만 하게 되는 걸까?"

빛나로는 그런 말을 들을 때마다 슬픔으로 온몸이 저렸다. 청이가 제 마음을 짐작조차 못 하는 것이 슬펐고, 용궁을 다시 세우겠다는 제 꿈이 희미하게 멀어져 가는 것만 같아 슬펐다. 그러나 빛나로는 희망을 버릴 수 없었다.

'인당수에 빠져 죽은 다음, 청이의 혼이 내 청을 들어줄지도 몰라. 내 청을 들어주지 않으면 죽어 버릴 것 같다고 마음을 다해 말한다면, 분명 들어줄 거야. 청이는 착하잖아, 남의 마음을 아프게 하지 못하는 착한 처녀잖아.'

어느덧 삼월 하순이 되었다. 여느 날 아침, 청이가 마당에서 집안일을 하고 있을 때였다.

"계세요?"

사립문 쪽에서 낯선 처녀의 목소리가 들렸다. 청이 곁에 있던 빛나로는 얼른 마루 밑으로 들어갔다. 청이가 사립문으로 가는 것이 보였고, 그 처녀와 주고받는 말소리도 들렸다.

"여기가 심청 아가씨 댁이 맞지요?"

"예. 그런데 무슨 일인지?"

"저는 무릉촌 장 판서 댁에서 왔습니다. 우리 마님께서 아가씨 소문을 들으시고 한 번 만나고 싶다 하셨어요. 지금 저와 함께 가실 수 있으신지요?"

"마침 오늘은 다른 일이 없으니 갈 수는 있어요. 하지만 먼저 아버지께 여쭈어야 하니 잠시만 기다려 주세요."

청이는 아버지 방으로 들어갔다. 빛나로는 마루 밑에서 청이의 말에 귀를 기울였다.

"아버지, 무릉촌 장 판서 댁 마님께서 사람을 보내 저를 보자 하세요. 어찌할까요?"

"일부러 부르시는데 어찌 아니 가겠느냐? 지체 높은 대갓집 마님이니, 실수하는 일 없이 조심하도록 하여라."

"예, 아버지. 혹시 늦을지도 모르니 점심 진지 상 보아 놓고 갈게요."

청이는 나들이 준비를 마친 다음, 마루 앞에 서서 속삭이듯 말했다.

"거북아, 나 무릉촌에 갔다 올게."

빛나로는 마루 밑에 웅크린 채 청이가 돌아오기만을 기

다렸다. 청이의 발소리가 들리지 않나 귀를 세운 채, 몇 번
인가 고개를 쑥 빼고 하늘을 올려다보았다. 시간이 더디게
흘러갔다. 늦어도 해가 서산 마루에 걸릴 때쯤에는 돌아오
리라 생각했는데, 해가 서산을 뉘엿뉘엿 넘어가는데도 청
이는 돌아오지 않았다. 빛나로는 걱정이 되었다. 청이한테
무슨 일이 생긴 것은 아닐까, 별별 생각이 다 들었다.

"해가 진 것 같은데, 얘가 왜 이리 안 돌아오누?"

방문 열리는 소리가 나더니 청이 아버지가 더듬거리며
마루를 내려왔다. 지팡이를 찾아 짚더니 청이 아버지는 조
심조심 사립문 쪽으로 걸어갔다. 빛나로는 청이 아버지를
따라가고 싶었지만 꾹 참았다. 괜히 돌아다니다가 사람들
눈에 띄면 큰일이었다.

'그냥 문 앞에서 청이를 기다리다가 청이와 같이 들어
오겠지.'

그러나 아무리 기다려도 청이와 청이 아버지는 돌아오
지 않았다. 마당에는 땅거미가 엷게 깔렸다.

'나도 이제는 돌아가야 하는데, 너무 늦으면 어머니가
걱정하실 텐데……'

그 때 사립문 쪽에서 두런두런 소리가 나더니 청이 아버

지가 웬 스님의 부축을 받으며 마당으로 들어섰다. 청이 아버지의 옷에서 물이 뚝뚝 떨어졌다. 청이를 찾으러 나갔다가 물에 빠진 모양이었다. 스님은 청이 아버지를 부축해 방으로 들어갔다. 방에서 청이 아버지의 목소리가 들렸다.

"고맙소이다. 스님 아니었으면 물귀신이 될 뻔했어요. 그런데 스님 계시는 절이 몽운사라 하셨소?"

"예, 소승은 몽운사 화주승입니다. 어서 젖은 옷부터 갈아 입으세요."

잠시 조용하더니 다시 스님의 말소리가 들렸다.

"헌데 언제부터 이렇게 앞을 못 보셨소이까? 날 때부터 장님은 아닌 듯한데……."

"스무 살 때 갑자기 눈앞이 뿌옇게 되더니 결국엔 눈이 멀고 말았지요. 젊었을 때는 나도 나름대로 꿈이 있었소만, 이젠 하나뿐인 딸자식 고생만 시키고……."

"쯧쯧, 듣고 보니 정말 사정이 딱하군요. 다시 눈을 뜰 수 있는 방법이 한 가지 있기는 한데……."

"눈을 뜰 수 있다니 정말이오, 스님?"

"부처님 제자가 어찌 허튼소리를 하오리까? 우리 절 부처님이 워낙 영험하셔서 빌어 아니 되는 일이 없소이다. 부처님께 공양미 삼백 석을 바치고 지성으로 비신다면 생전에 눈을 떠서 밝은 세상을 다시 보오리다."

"허면 어서 장부에 적으시오. 복사골에 사는 심학규가 부처님 전에 공양미 삼백 석을 올린다고 말이오."

"적기는 적겠으나, 정말 공양미 삼백 석을 바칠 수 있겠소이까? 이 댁 형편을 보니 아무래도……."

"밝은 세상을 다시 본다는데, 공양미 삼백 석이 문제겠소? 이 몸 심학규, 부처님 전에 빈 말 하는 실없는 사람은 아니니 어서 쓰시오."

"정 그러시다면 장부에 쓰겠소이다."

마루 밑에서 이야기를 듣던 빛나로는 정신이 번쩍 들었다. 공양미 삼백 석이라니……! 청이네 형편에 삼백 석은커녕 단 한 석도 바치기 힘들다는 것을 빛나로는 잘 알고 있었다.

'대체 어쩌려고 청이 아버지는 그런 지킬 수 없는 약속을 하는 거지?'

방문 열리는 소리가 났다. 스님이 마루로 나와 마당으로 내려섰다. 청이 아버지는 스님을 보내 놓고 도로 방으로 들어갔다.

잠시 뒤, 방에서 땅이 꺼질 듯한 한숨이 새어 나왔다.

"이 일을 어찌할꼬. 눈을 뜬단 말에 앞뒤 생각 안 하고, 부처님 전에 공양미 삼백 석을 바친다고 덜컥 약조하고 말았구나. 가엾은 딸자식이 품을 팔아 하루하루 겨우 살아가는데 무슨 수로 공양미 삼백 석을 바친단 말인가."

청이 아버지의 울음 섞인 목소리가 빛나로의 귓전을 때렸다. 빛나로는 마음이 언짢았다. 청이가 이 사실을 알면 얼마나 걱정하고 슬퍼할까, 생각하니 절로 한숨이 나왔다.

빛나로는 마루 밑에서 기어 나왔다. 사방에는 어둠이 짙게 깔려 있어, 이제는 용궁으로 돌아가야 할 것 같았다. 청이가 돌아오는 것을 보고 갈까 하다가 빛나로는 청이네 집을 나왔다. 청이를 지켜 볼 자신이 없었다. 공양미 삼백 석 때문에 근심하는 아버지를 보고 더욱더 근심할 청이를 생각하니, 무거운 돌덩이에 짓눌린 듯 가슴이 답답했다.

빛나로는 캄캄한 어둠 속을 엉금엉금 기어 바닷가로 갔다. 머릿속에는 오직 한 가지 생각뿐이었다. 공양미 삼 백 석, 공양미 삼백 석······.

파도가 밀려와 온몸을 적셨을 때 빛나로는 홀연 깨달았다.

'그래, 그 때문이야. 청이가 인당수에 바치는 제물이 되는 건 바로 공양미 삼백 석 때문이야.'

청이가 인당수에 바치는 제물이 된다는 것은 이미 알고 있는 일이었다. 그러나 청이가 왜 그런 제물이 되어야 하는지, 그것은 알지 못했다. 아니 그 일에 대해서는 거의 생각조차 하지 않았다. 빛나로에게는 청이가 인당수에 빠져 죽은 다음의 일만 중요했기 때문이다.

'청이는 무슨 수를 써서라도 공양미 삼백 석을 구하려 할 거야. 공양미를 못 바치면 아버지가 부처님께 죄를 짓게 되잖아. 또한 아버지 눈을 뜨게 해 드리고 싶어서 청이는 제 몸을 제물로 팔 거야. 공양미 삼백 석에……'

빛나로는 머릿속이 복잡해졌다. 여태까지는 청이가 인당수에 빠져 죽은 다음의 일만 생각했는데, 이제 또다른 일에 마음이 쓰였다.

'아무리 아버지를 위해서라고 하지만 청이는 슬플 거야. 제물이 되어 인당수에 빠져 죽는 게 기꺼운 일은 아닐 거야. 사람은 누구나 살기를 바라지, 죽기를 바라지는 않잖아.'

청이가 인당수에 빠져 죽는 그 날이 빛나로에게는 오랜

기다림이 끝나는 기쁨의 날이 될 수도 있다. 청이의 혼이 제 마음을 받아들여 주기만 한다면……!

그 기다림의 날이 다가오고 있는데도 빛나로는 마냥 기뻐할 수만은 없었다. 청이가 느낄 한없는 슬픔을 생각하자 오히려 가슴이 뻐근하게 아팠다. 빛나로는 고개를 저었다. 더 이상 깊이 생각했다가는 머리가 터져 버릴 것만 같았다.

다른 것은 생각하고 싶지 않았다. 그냥 제 꿈만 생각하고 싶었다. 다시 찬란하게 세워진 용궁에서 아버지와 어머니와 왕자비가 된 청이와 함께 행복하게 사는 그 아름다운 꿈만을 내내 생각하고 싶었다.

열다섯 살인걸

밤이 제법 깊어서야 청이는 집 앞에 이르렀다. 더 빨리 오고 싶었지만 장 판서 댁 마님이 붙잡는 바람에 차마 뿌리치고 일어날 수가 없었다.

판서 댁 마님은 인자한 어머니 같았다. 청이를 딸처럼 대하면서 맛있는 음식도 권하고, 재미난 이야기도 들려주었다. 그러다 마님이 말했다.

"청아, 판서 어른은 이미 돌아가셨고, 세 아들은 벼슬살이를 하느라 한양에 있단다. 하여 이 큰 집에서 나 혼자 쓸쓸할 때가 많구나. 너 또한 양반의 딸이 이렇듯 고생이 심하니, 내 수양딸이 되면 어떨꼬? 내 너를 딸 삼아 바느질이

며 글공부를 더 가르쳐 이 다음에 좋은 곳으로 시집 보내면, 그 또한 늘그막에 큰 즐거움이 아니겠니."

청이는 순간 마음이 흔들렸다. 판서 댁 수양딸이 되면 남부러울 것 하나 없이 살 수 있다. 또 지난번 그 젊은 선비가 무릉촌 가는 길을 물었으니, 어쩌면 마님이 그 선비를 알고 있을지도 모른다.

젊은 선비와 다시 만나는 꿈 같은 광경이 눈앞에 펼쳐졌다. 청이는 얼굴을 붉히며 고개를 숙였다. 그러나 이내 눈먼 아버지가 떠올랐다. 갓난 저를 품에 안고 지팡이로 더듬더듬 온 동네를 다니며 젖동냥으로 길러 주신 아버지…….

'내가 이 댁 수양딸이 되면 여기서 살아야겠지. 그럼 아버지 시중은 누가 들지? 누가 아버지 진지를 지어 드리고 철 따라 의복을 갈아 입혀 드린다지?

청이는 한숨을 내쉬며 고개를 저었다. 그러고는 마님께 왜 수양딸이 될 수 없는지 간곡하게 말했다. 마님이 고개를 끄덕였다.

"네 마음이 갸륵하고 아름답구나. 이미 나는 너를 내 딸로 생각하니, 앞으로 자주 놀러 와 이 어미를 기쁘게 해 다오."

마님은 청이와 헤어지기 아쉬운 듯 저녁밥까지 먹고 가라고 붙잡았다. 저녁상을 물린 뒤, 청이가 집으로 돌아가려하자 마님은 비단과 패물이며 양식을 넉넉히 내주고, 몸종까지 딸려 보냈다.

청이는 몸종을 돌려 보낸 다음, 마당으로 들어섰다. 방에 불이 켜져 있지 않아 집 안이 어두웠다.

'날 기다리다 잠이 드셨나?'

청이는 아버지의 방으로 들어가 불을 켰다. 뜻밖에도 아버지는 넋 나간 사람처럼 앉아 있었다. 게다가 윗목에는 젖은 옷이 놓여 있었다. 아침에 청이가 나갈 때 아버지가 입고 있던 옷이었다. 청이는 깜짝 놀라 물었다.

"아버지, 어찌 된 일이에요? 왜 옷이 물에 다 젖었어요?"

"네가 하도 안 오기에 널 마중하려고 바깥에 나갔다가 그만 개천에 빠지고 말았구나. 다행히 몽운사 스님이 구해 주어 이렇게 살긴 했다만."

아버지는 말끝을 맺지 못하고 고개를 떨어뜨렸다. 앞을 못 보는 것이 얼마나 답답하고 서글픈 일인지, 청이는 새삼 가슴이 아팠다.

청이는 아버지가 추울까 봐 얼른 군불부터 지핀 다음 저녁밥을 지었다. 그러나 아버지는 밥상을 앞에 놓고도 한숨만 내쉴 뿐, 수저를 들지 않았다.

"아버지, 대체 무슨 일이에요? 물에 빠진 것 말고 또다른 일이 있으세요? 제발 말씀해 주세요, 아버지."

청이가 자꾸 캐묻자 아버지는 울먹이며 몽운사 부처님께 공양미 삼백 석을 바치기로 약조했다고 말했다.

"눈을 뜬다는 말에 앞뒤 생각 안 하고 그리했구나. 우리 형편에 공양미 삼백 석을 어찌 바치며, 부처님께 거짓말한 이 죄를 어찌 씻는단 말이냐."

청이는 눈앞이 아뜩했지만, 아버지가 정말 눈을 뜨면 얼마나 좋을까 하는 생각도 언뜻 들었다.

"아버지, 제가 어떻게든 공양미 삼백 석을 마련해 볼 테니, 너무 걱정하지 마세요."

"네가 무슨 수로……."

아버지는 뒷말을 잇지 못하고 눈물만 흘렸다.

그 날 밤 청이는 잠을 이룰 수가 없었다. 장 판서 댁 마님께 도움을 청해 볼까 하는 생각도 들었지만 이내 고개를 저었다. 남의 도움으로 쉽게 공양미를 바치면 효험을 볼 것 같지 않았다. 제 힘으로 공양미를 마련하여, 아버지가 눈을 뜨게 해 드리고 싶었다.

　'하늘이시여, 공양미 삼백 석을 마련할 수 있도록 도와 주소서, 도와 주소서.'

　청이는 마음 속으로 빌고 또 빌었다. 자나 깨나 오로지 공양미 삼백 석 생각뿐이었다.

　사흘이 지났다. 오후에 아랫마을로 볼일을 보러 갔다가 청이는 귀덕 어머니한테 이상한 이야기를 들었다. 바닷가 주막에 스무 명도 넘는 뱃사람들이 묵고 있는데, 그 사람들이 열댓 살 먹은 처녀를 사려 한다는 것이다.

　"값은 달라는 대로 준다지만, 어느 부모가 딸자식을 팔려 하겠니?"

　청이는 귀가 번쩍 띄었다. 아버지의 눈을 뜨게 하라고, 하늘이 주신 기회 같았다.

　"귀덕 어머니, 부탁이 있어요. 그 사람들이 왜 처녀를 사려는지, 정말 달라는 대로 값을 쳐 주는지 알아봐 주세요. 아무도 모르게요. 아셨죠?"

　청이는 귀덕 어머니한테 짤막하게 사정 이야기를 했다. 귀덕 어머니는 안쓰러운 듯 청이를 바라보며 고개를 끄덕였다. 귀덕 어머니도 예전에 청이한테 동냥젖을 많이 물려 주었기 때문에 청이가 친딸이나 마찬가지였다.

　다음 날 낮에 귀덕 어머니가 청이를 찾아왔다. 사립문 밖에서 귀덕 어머니가 속삭이듯 말했다.

　"그 사람들, 배를 타고 명나라로 장사 다니는 사람들인데, 가는 길에 인당수라는 물살이 험한 곳이 있다는구나. 그 곳에서 처녀를 제물로 바치면서 용왕님께 제사를 드리면 명나라까지 무사히 다녀올 수 있고 장사도 잘 되기에 그리한단다."

　청이는 그 길로 귀덕 어머니와 함께 바닷가 주막으로 갔다. 뱃사람들을 만나 공양미 삼백 석에 제 몸을 팔겠다고 했다. 뱃사람들은 청이의 딱한 사정을 듣고는 삼백 석뿐 아니라 청이가 떠난 뒤에 아버지가 먹고살 양식까지도 마련해 주겠다고 했다.

　한참 뒤에 청이는 집으로 돌아와, 아버지에게 말했다.

　"아버지, 이제 아무 걱정 안 하셔도 돼요. 공양미 삼백 석을 몽운사에 올렸어요."

　"그게 무슨 소리냐? 갑자기 그 많은 쌀이 어디서 나서 몽운사로 보냈단 말이냐?"

　"지난번 무릉촌 장 판서 댁 마님이 저더러 수양딸이 되라 하셨어요. 그래서 어제 사정을 여쭙고 공양미 삼백 석을 내주시면 수양딸이 되겠다 하였더니, 기뻐하시며 허락하셨어요."

"잘되었구나, 아가. 판서 댁 수양딸이 되면 너도 이제 호강하면서 살 수 있겠구나. 그래, 언제 판서 댁으로 가누?"

"다음 달, 십오 일이에요."

"한 이십 일 남았구나. 잘된 일이로다. 암 잘된 일이고말고."

아무것도 모르는 아버지는 마냥 기쁜 듯했다. 아버지를 속이는 것이 괴로워 청이는 방을 나와 마루 끝에 걸터앉았다. 바람이 불었다. 마당 구석 꽃나무 가지에 활짝 핀 꽃들이 바람이 불 때마다 눈송이처럼 날렸다.

'내년에는 꽃이 피는 것도, 지는 것도 볼 수 없을 테지…….'

청이는 저도 모르게 한숨을 내쉬었다. 그 때 무언가가 청이의 발목을 톡톡 건드렸다. 거북이었다.

"너로구나. 그 동안 난 널 까맣게 잊고 있었어. 넌 변함없이 여기 있었는데……."

저를 쳐다보는 거북의 눈이 어쩐지 슬퍼 보여, 청이는

마음이 저렸다.

"너를 볼 날도 이제 얼마 남지 않았구나."

청이는 다시 한 번 들릴락 말락 한숨을 내쉬었다.

그 날부터 청이는 먼 길 떠날 준비를 했다. 철 따라 아버지가 갈아 입을 옷을 꼭꼭 싸서 농 안에 잘 넣어 두고, 망건도 새로 사서 걸어 두었다. 남의 집 일도 더 이상 하지 않았다. 집에서 아버지 시중을 들고, 아버지의 새 옷을 지으면서 하루하루를 보냈다.

어느덧 사월 십사 일, 해질 무렵이었다. 여느 때처럼 청이는 저녁밥을 지었다. 시름에 겨워 아궁이 앞에 앉아, 청이는 밥이 끓기를 기다렸다. 거북도 여느 때처럼 청이 옆에 웅크리고 있었다.

문득 청이는 거북을 돌아보았다.

"거북아, 내일부터 우리 집에 오지 마. 내일 아침 난 집을 떠난단다. 아버지한테는 장 판서 댁 수양딸로 간다고 했지만, 사실은 인당수에 빠져 죽으러 가는 거야."

청이의 눈에 눈물이 고였다. 그 동안 잘 참아 왔는데, 아무한테도 하지 못했던 말을 거북한테 하고 나니, 걷잡을 수 없이 설움이 북받쳤다. 두 뺨을 타고 흐르는 눈물을 씻을 생각도 않고, 청이는 넋 나간 사람처럼 혼자 말했다.

"난 죽고 싶지 않아. 난 이제 겨우 열다섯인걸. 아버지한테 효도도 다 못 했고, 제대로 살아 보지도 못 했어. 내겐 또 꿈도 있었지. 그분을 다시 만나 아름다운 인연을 맺는 꿈……. 도저히 이룰 수 없는 꿈이었지만, 꿈을 꾸고 있을 땐 참 행복했단다. 그런데 내일이면 난 죽어야 하는구나. 눈먼 아버지를 남겨 두고, 내 꿈도 접어 두고 말이야. 난 이제 겨우 열다섯 살인데……."

청이는 옷고름으로 눈물을 닦고는 마음을 가라앉히려 애썼다. 내일 아침 길을 떠날 때까지는 아버지 앞에서 눈물을 보이고 싶지 않았다.

"그래도 죽는 게 끝은 아닐 거야. 다음 세상이 있잖아. 난 다음 세상에서도 우리 아버지 딸로 태어날 거야. 못다 한 효도를 다 하고 싶거든. 그리고 다음 세상에서 그분을 다시 만나고 싶어. 이번처럼 짧게 스쳐 가는 인연이 아니라, 길고 아름다운 인연으로……."

청이는 아궁이 속 불꽃을 바라보며 꿈꾸듯 중얼거렸다. 춤추듯 너울거리는 불꽃은 아름다웠다. 불꽃은 마치 말하는 듯했다. 다음 세상에서 그 젊은 선비를 반드시 만나게 될 거라고.

청이는 차분하게 가라앉은 마음으로 거북을 돌아보았다.

"그러니 내일부터는 오지 마라, 거북아. 그 동안 내 말동무가 되어 줘 정말 고맙다."

내 슬픔이 바다보다 깊어도

바다는 커다란 용이 몸을 뒤척이는 듯 거칠게 일렁이고 있었다. 빛나로는 인당수 바닷속 세찬 물살에 몸을 맡긴 채 청이가 타고 올 장삿배를 기다리고 있었다.

"빛나로, 오늘이구나, 오늘."

새벽에 빛나로가 용궁 문을 나설 때 어머니는 기대에 찬 눈빛으로 말했다. 빛나로도 가슴이 설렜다. 하늘 뇌옥에서 풀려난 아버지가 화려한 용궁 옥좌에 앉아 있는 모습을 생각하니 숨이 막힐 만큼 기뻤다.

그러나 인당수로 헤엄쳐 가는 동안, 기쁨과 설렘 대신 막막한 두려움이 빛나로의 마음을 갉아 댔다.

'만약 청이가 내 마음을 받아들이지 않는다면, 거북으로 다시 태어나 나와 함께 이 바닷속에서 살지 않겠다고 한다면……?'

그렇다면 빛나로는 어머니와 함께 허물어진 용궁 터에서 거북 껍질을 뒤집어쓴 채로 또다시 오랜 세월 기약 없는 세월을 기다려야 할 터였다. 그리고 또 아버지는…….

인당수 물살은 드세었다. 수면 바로 밑에서 거친 물살 따라 이리저리 헤엄쳐 다니면서, 빛나로의 마음은 불안으로 쉴새없이 흔들렸다. 물살보다 더 심하게 흔들렸다.

'내가 눈물로 간청하면, 청이는 나를 가엾이 여겨 내 청을 들어줄까? 내 마음을 받아들이기만 한다면 청이도 용궁에서 행복하게 살 수 있을 터인데…….'

불쑥 청이의 얼굴이 떠올랐다. 생각할 때마다 빛나로의 마음을 무지개 같은 설렘으로 물들게 했던 그 예쁜 얼굴이…….

빛나로는 청이가 제 마음을 받아들일 거라고 믿고 싶었다. 불안과 두려움 대신 희망찬 마음으로 청이를 기다리고 싶었다.

'지금쯤 청이는 배를 타고 이 곳으로 오고 있겠지. 아침에 아버지와 가슴 아픈 이별을 했을 테고. 하지만 청아, 네가 내 마음을 받아들이기만 한다면 네 슬픔도 이제 끝난다. 너는 왕자비가 되어, 용궁에서 행복하게 살 수가 있어.'

빛나로의 머릿속에 그림 같은 광경이 떠올랐다. 용궁에서 청이와 함께 보내는 꿈 같은 나날들. 생각만 해도 가슴이 뛰었다. 기쁨에 겨워, 몸이 물 밖 구름 위로 붕 떠오르는 것 같았다. 빛나로는 눈을 지그시 감고, 즐거운 상상에 마음을 맡겼다.

한참 뒤, 멀리서 희미하게 소리가 들렸다. 둥둥둥, 북 소리며 배가 물살을 가르는 소리. 소리는 점점 또렷해졌다. 청이가 탄 배가 분명했다.

바닷속 물살이 한층 거세졌다. 마치 두 마리 용이 있는 힘을 다 해 싸우는 듯, 바다는 온몸을 뒤틀며 으르렁거렸다.

빛나로는 네 발로 몸을 가누면서 물 밖으로 조금 고개를 내밀었다. 바로 눈앞에 큰 돛을 단 장삿배가 거친 파도에 뒤집힐 듯 흔들리고 있었다. 새 옷으로 곱게 차려 입은 청이가 뱃머리에 앉아 있고, 두 손에 북채를 든 도사공이 그 옆에 서 있었다.

그 뒤에 돼지머리며 술, 과일 등이 놓인 제사상이 차려

져 있고, 뱃사람들이 죽 늘어서 있었다. 도사공이 북채로 북을 둥둥 울리며 말했다.

"서해 용왕이시여. 명나라로 장사 다니는 뱃사람 스물네 명이 오늘 인당수에서 용왕님께 정성을 다해 제사를 드리옵니다. 이제 아름답고 착한 처녀 심청을 제사의 제물로 바치오니, 용왕님께서는 부디 저희들의 정성을 어여삐 여기시어, 이 거센 물살을 잠재워 주소서. 부디 순한 바람을 주시어, 아무 탈 없이 명나라에 이르고, 장사 또한 잘 되게 도와 주소서. 저마다 품은 모든 소망 이루어 주소서."

도사공이 다시 북을 둥둥 울리자, 배에 타고 있던 사람들이 바다를 향해 절을 하면서 한 목소리로 빌었다.

"저희들의 모든 소망 이루어 주소서!"

이어 도사공이 청이에게 말했다.

"아가씨, 이제 용왕님께 제물을 바칠 차례요."

청이는 자리에서 일어나 두 손을 가지런히 모으고는 하늘을 우러러보았다.

"비나이다, 비나이다. 천지신명께, 용왕님께 비나이다. 가엾은 제 아버지, 부디 다시 눈을 뜨게 해 주소서. 눈을 뜨게……."

청이의 목소리에는 울음이 섞여 있었다. 빛나로도 가슴이 꽉 메는 듯했다. 청이는 잠시 머뭇거리더니, 이윽고 두 손으로 얼굴을 감싸고는 바닷속으로 풍덩 뛰어들었다. 빛나로는 청이에게 다가갔다. 청이는 괴로운 듯 물 속에서 허우적거렸다. 빛나로도 덩달아 힘겹게 네 발을 버둥거렸다.

잠시 뒤, 청이는 정신을 잃은 듯 물살 따라 마구 흔들리면서 바다 밑으로 가라앉기 시작했다. 빛나로는 청이를 따라 헤엄쳤다.

'청이가 죽어 가고 있구나.'

그런 생각이 들자, 빛나로는 가슴이 빠개지는 것처럼 아팠다. 어제 저녁 아궁이 앞에서 소리 없이 눈물짓던 청이의 모습도 떠올랐다.

'나는 살고 싶어. 난 열다섯 살인걸.'

어제 저녁 청이가 했던 말도 귓가에 쟁쟁하게 되살아났다. 청이는 또, 다음 세상에 다시 사람으로 태어나겠다고 말했다.

'다음 세상에서 그분을 다시 만나고 싶어. 이번처럼 짧게 스쳐 가는 인연이 아니라, 길고 아름다운 인연으로.'

빛나로는 고개를 저었다. 이제 와서 그런 일들을 생각해서는 안 된다. 지금 생각해야 할 일은 오직 하나, 어떻게 하면 청이의 마음을 얻을까, 하는 것이다.

그러나 빛나로는 이미 알고 있었다.

'청이는 결코 거북이 되어 바닷속에서 살고 싶어하지 않을 거야. 만에 하나, 청이가 내 청을 받아들인다 해도, 그래서 왕자비가 되어 용궁에서 산다고 해도, 청이는 결코 행복하지 못할 거야. 눈먼 아버지와 젊은 선비, 땅 위에 두고 온 모든 사랑하는 사람들을 그리워하느라 늘 시린 마음으로 살아가겠지.'

빛나로의 두 눈에 눈물이 고였다. 청이가 슬프게 사는 것을 빛나로는 바라지 않았다. 여태까지 슬프게 살았으니, 이제부터 청이는 이 세상 누구보다 행복하게 살아야 한다.

'청이가 내 청을 받아들이지 않는다면, 난 청이의 혼을 저승으로 돌려 보내야 해. 어차피 돌려 보내야 하는 거라면……'

순간 허물어진 용궁에서 애타게 기다리고 있을 어머니와 하늘 뇌옥에 갇혀 있는 아버지가 생각났다.

'아버지와 어머니 그리고 용궁을 구하려고 그토록 오랜 세월 기다려 왔는데, 이번 기회를 놓치면 또 얼마나 오랜

세월을 기다려야 할지 알 수 없는데…….'

물살을 타고 아래로, 아래로 가라앉는 청이는 이제 거의 숨이 끊어진 것처럼 보였다.

"나는 살고 싶어."

청이가 했던 말이 날카로운 채찍이 되어 빛나로의 가슴을 후려쳤다. 가슴이 다 부서진 듯 아파, 빛나로는 이제 더 이상은 견딜 수가 없었다. 다른 것은 아무것도 생각할 수 없었다.

'그래, 청아. 내가 널 살려 줄 거야, 내가.'

빛나로는 청이를 등에 태우고 물 위쪽으로 헤엄쳐 가려 해 보았다. 그러나 청이를 등에 태우기에는 빛나로의 몸집이 너무 작았고, 힘에도 부쳤다. 등에 태우려 해 보아도 청이는 자꾸만 아래로 미끄러질 뿐이었다. 이제 더 이상 꾸물거릴 시간이 없었다. 지금 물 밖으로 나가지 않으면 청이는 더 버티지 못하고 죽고 말 터였다.

불현듯 상제님의 약속이 생각났다. 무슨 소원이든 한 가지 소원을 들어 주겠다고 했던 약속.

빛나로는 마음 속으로 외쳤다.

'상제님, 청이를 살려 주세요. 청이가 살아, 사랑을 이루

고 꿈을 이루게 해 주세요.'

순간 열세 마리나 되는 거북들이 사방에서 몰려왔다. 거북들은 빛나로 둘레에 등을 바싹 붙이더니, 청이를 그 위에 태우고 물 위쪽으로 쏜살같이 헤엄쳐 갔다.

거북들과 한몸인 듯 함께 헤엄치면서, 빛나로는 속으로 흐느꼈다. 기쁨과 슬픔이 뒤섞인 흐느낌이었다. 청이가 살게 된 것이 기뻤고, 모래성처럼 무너진 제 꿈을 생각하면 한없이 슬펐다.

'그래, 내게는 꿈이 있었어. 허물어진 용궁을 다시 세우는 꿈, 용왕의 아들 빛나로, 원래의 내 모습으로 돌아가는 꿈. 그러나 내 꿈이 아무리 소중하다 한들, 청이 네 꿈보다는 소중하지 않아. 난 내 슬픔보다 청이 네 슬픔을 견디기가 더 힘이 들어. 네가 슬프다면 내 사랑을, 내 꿈을 이룬들 그게 무슨 뜻이 있겠어.'

얼마 뒤, 거북들이 청이를 바닷가 모래밭에 내려놓았다. 거북들은 도로 바다로 돌아가고, 빛나로만 청이 곁에 남았다. 청이는 눈을 감은 채 반듯하게 모래밭에 누워 있었다. 빛나로는 청이의 가슴에 가만히 귀를 대 보았다. 가녀리게 가슴이 뛰고 있었다.

'누군가가 와서 청이를 도와 주어야 할 텐데.'

그 때 무언가가 빛나로를 툭툭 건드렸다. 돌아보니 연꽃 한 송이를 입에 문 작은 거북 한 마리가 돌아가지 않고 남아 있었다.

"이게 뭐지?"

빛나로가 묻자, 작은 거북은 연꽃을 빛나로 앞에 내려놓았다.

"용궁의 연꽃이에요, 왕자님. 나중에라도 청이 아가씨가 깨어나면 누가 자기를 구해 주었는지 궁금해 할 것 같아서요."

빛나로는 서글프게 웃었다. 부질없는 짓이라는 생각이 들었던 것이다. 그러나 빛나로는 그 연꽃을 입으로 물어 청이의 가슴 위에 올려놓았다. 문득 걷잡을 수 없는 슬픔이 목젖을 타고 올라왔다.

'청아, 청아, 예쁜 청아. 너를 보는 것도 이것이 마지막이구나. 난 이제 용궁으로 돌아가 상제님께 자비를 청할 거다. 날 하늘 뇌옥에 가두어 달라고, 거북인 채로 영원히 하늘 뇌옥에서 벌을 받겠다고 청할 거다. 대신 아버지와 어머니와 용궁은 예전으로 돌아가게 해 달라고. 아버지가 그런

죄를 지으신 건 나 때문이니 이제 내가 그 죄를 다 받겠다고.'

빛나로의 두 눈에서 눈물이 흘러내렸다. 눈물은 연꽃 위로 뚝뚝 떨어졌다.

'오랜 세월을 다시 기다리는 일도, 또다른 누군가의 마음을 얻는 일도 이제 난 할 수가 없어. 내 마음 속에는 오직 너뿐이니까. 어쩌면 상제님께서 자비를 베푸셔서, 내 청을 들어주실지도 모르겠다. 그럼 난 영원히 거북인 채, 하늘 뇌옥에 갇혀 있어야겠지. 바다보다 깊은 슬픔을 안고. 하지만 내 슬픔이 바다보다 깊어도, 네가 사랑을 이룬다면, 그래서 네가 행복하기만 하다면, 난 더 이상 슬프지 않을 것 같구나.'

빛나로의 눈물이 청이의 가슴 위에 놓인 연꽃으로 떨어지고 또 떨어졌다. 얼마나 지났을까? 작은 거북이 다시 빛나로를 툭툭 건드렸다.

"왕자님, 저 쪽에서 사람들이 와요. 청이 아가씨는 저 사람들한테 맡기고, 왕자님은 이제 용궁으로 돌아가셔야 해요."

정말 저 쪽에서 두 사람이 오고 있었다. 선비 차림의 두 남자였다. 빛나로는 다시 한 번 청이를 바라보고는 작은 거북과 함께 바다 쪽으로 엉금엉금 기었다.

조금 뒤, 두 사람이 청이 앞에 이르렀을 때, 무심한 파도만이 바다 저 편으로 쓸려가고 있었다.

연꽃 왕비

　깊은 밤, 소쩍새 소리에 청이는 눈을 떴다. 낯선 천장이 보였다. 청이는 어리둥절하여 누운 채 방을 둘러보았다. 방은 넓고 깨끗했다. 덮고 있는 이불도 비단이었고, 벽 쪽에는 병풍이, 방 위쪽에는 등잔불이 밝혀져 있었다.

　오늘 아침의 일이 되살아났다. 이른 아침에 눈물로 아버지의 마지막 진지를 지어 드렸다. 밥상 앞에서 청이가 참지 못하고 흐느끼자 아버지는 어찌 된 일인지 물었다. 청이는 아버지께 사실대로 다 말했다. 더 이상 아버지를 속일 수가 없었다.

　아버지는 펄쩍 뛰며 소리쳤다.

"안 된다, 아가. 청아, 내 어찌 너를 팔아 눈을 뜬단 말이
냐. 꽃다운 너를 인당수에 제물로 바치다니, 세상에 이런
일도 있단 말이냐!"

그 때 뱃사람들이 들이닥쳤고, 아버지는 마구 울부짖
었다.

"이 나쁜 놈들아, 어쩌자고 어린것을 꾀어 내어, 제물로
산단 말이냐. 내 딸은 못 데려간다. 내 딸을 데려가려거든
차라리 나를 죽여라, 죽여!"

"아버지, 저 사람들은 아무 잘못도 없어요. 아버지 눈을
뜨게 해 드리고 싶어서 제가 원한 일이에요."

청이는 아버지를 붙잡고 한참 울다가 뱃사람들을 따라
나섰다. 마을 사람들이 통곡하는 아버지를 위로하며 함께
훌쩍였다.

뒤늦게 소식을 들은 장 판서 댁 마님도 몸종을 보내 청
이를 만나고 싶다 했다. 청이는 가는 길에 판서 댁에 들렀
다. 마님은 청이에게 공양미 삼백 석을 대신 내어 줄 테니
뱃사람들을 따라가지 말라고 말렸다.

"이미 약속한 일을 어찌 뒤집겠습니까? 마님의 마음만
감사히 받고 가겠습니다."

청이는 눈물로 판서 댁 마님께 작별 인사를 하고 뱃사람들을 따라 배를 탔다. 배는 늦은 오후에 인당수에 이르렀다. 인당수는 정말 험한 바다였다. 용왕님께 드리는 제사가 끝나자, 청이는 드높은 파도에 풍덩 몸을 던졌고, 이내 정신을 잃었다.

'어찌 된 일일까? 난 분명 바다에 빠졌는데……. 내가 죽지 않고 살아난 걸까?'

그 때, 방문이 열리면서 점잖아 보이는 부인이 들어왔다. 청이는 놀라, 얼른 일어나 앉았다. 부인이 청이 앞에 앉으며 부드럽게 웃었다.

"깨어났네그려."

"마님께서는 뉘신지요? 제가 어찌하여 여기 있는지요?"

"난 이 고을 사또의 안사람이라네. 내가 잘 아는 젊은 분이 처자를 구했지. 우연히 제물포 바닷가를 지나다가 처자를 발견하고는 이리로 데려왔다네. 보아하니 바다에 빠졌다가 파도에 떠밀려 온 것 같은데, 어쩌다 바다에 빠졌누?"

부인이 다정하게 물었다. 청이는 기품 있어 보이는 부인에게 마음이 끌려, 지난 일들을 다 이야기했다.

"그랬구먼. 처자의 효성에 하늘이 감동하셔서, 처자를

살려 주신 게야."

"바닷가에서 저를 구해 주신 분과 마님 덕분에 이렇게 살게 된 걸요. 그런데 그분은 어디 계신지요? 감사하다는 인사를 어떻게 드리면 되는지……."

"그분은 우리 사랑채에 묵고 계시다네. 밤이 깊었으니, 오늘은 푹 쉬게나. 내일 아침에 그분을 뵐 수 있을 터이니."

부인은 몸종을 불러 미음을 가져 오라 했다.

"들게나. 어서 기운을 차려야 구해 주신 분께 인사도 드릴 수 있을 터이니."

청이는 부인께 감사하며 미음을 다 먹었다. 어쩐지 다른 세상에 온 듯한 묘한 느낌이 들었다.

다음 날 아침, 부인은 청이에게 새 옷을 내주어 갈아 입게 한 다음, 청이를 데리고 사랑으로 갔다. 사랑은 두 칸짜리 큰 방이었다. 청이는 부인과 함께 아랫간으로 들어섰다. 언뜻 보니 윗간에서는 한 젊은 선비가 큰 부채로 얼굴을 반쯤 가리고 앉아 있었다.

부인이 먼저 자리에 앉으면서 말했다.

"인사드리게. 처자를 구해 주신 선비님이시라네."

청이는 젊은 선비에게 공손하게 절을 올린 다음, 고개를 숙인 채 말했다.

"목숨을 구해 주신 은혜, 평생 잊지 않겠습니다. 두고두고 은혜를 갚겠나이다."

"은혜를 어찌 갚을 생각이오?"

웃음기 섞인 부드러운 목소리였다. 그런데 그 목소리가 어쩐지 귀에 익어 청이는 당황했다. 청이가 어쩔 줄 몰라 하자 선비가 다시 말했다.

"내 잠시 농을 해 본 것뿐이오. 사실 그대를 살린 것은 이 연꽃이오."

청이가 조심스레 고개를 들어 보니, 선비 앞에 꽃병이 하나 놓여 있었다. 꽃병에는 연꽃 한 송이가 꽂혀 있었는데, 청초한 꽃 모양도 아름다웠지만 무엇보다 그 향기가 좋았다. 향내는 내내 방 안을 감돌고 있었는데, 긴장하여 미처 알아차리지 못했던 것이다.

선비가 말을 이었다.

"해질 무렵, 바닷가를 거닐고 있는데, 어디선가 바람을 따라 은은한 향내가 풍겨오지 뭐겠소. 그래서 향내가 나는 곳을 찾아갔더니, 그대가 누워 있더군. 가슴엔 이 연꽃이

얹혀 있었고. 연꽃 향내가 아니었다면 그 곳까지 가지는 않았을 거요."

청이는 신비한 느낌이 들어 다시 한 번 연꽃을 바라보려다 문득 선비와 눈이 마주쳤다. 눈 아래쪽은 부채로 가리고 있었지만, 그 눈을 본 것만으로도 청이는 가슴이 철렁 내려앉았다. 그런 아름다운 눈을 언젠가 분명 본 적이 있었다.

청이가 놀라 선비에게서 눈을 떼지 못하자, 선비가 부채를 내렸다.

"날 기억하겠소?"

청이는 눈물을 글썽이며 고개를 끄덕였다. 지난 한 달 반 동안, 하루도 잊은 적이 없는 그 젊은 선비가 눈앞에 있었다. 꿈만 같았다. 기쁨으로 온몸이 떨려 왔다.

"그 때 그대를 처음 만나고 나서, 어쩐지 또 만날 것 같은 생각이 들었소. 헌데 하늘이 이 신비한 연꽃으로 우리를 다시 만나게 하셨구려. 아무래도 우리는 남다른 인연인가 보오."

청이는 볼을 붉히며 살포시 고개를 숙였다.

그 날부터 청이는 아침이나 오후 무렵에 선비를 잠깐씩 만났다. 대개 사또 집 넓은 뒤뜰을 거닐면서 이런저런 이야기를 나누었다. 선비는 볼일이 많은 듯 밖으로 자주 나들이를 했다.

청이는 선비에 대해 자세한 것은 알지 못했다. 고을 사또와 사또 부인이 선비에게 깍듯하게 대하는 것을 보고, 벼슬이 높은 양반집 도련님이라고만 짐작할 뿐이었다. 또 선비에 대해 굳이 알려고도 하지 않았다. 하늘이 선비를 다시만나게 해 주시고, 하루에 한 번씩 짧은 동안이지만 함께있게 해 주신 것만으로도 눈물이 날 만큼 고마웠다. 선비의집은 한양이라고 했으니, 언젠가는 선비도 한양으로 돌아갈 것이다.

청이도 그 때 아버지가 계신 집으로 돌아갈 생각이었다. 그 때까지는 다른 생각은 않고, 무지개 같은 꿈에만 잠겨있고 싶었다.

'여기서 더 욕심을 부리면 하늘이 용서하지 않으실 거야. 이것만으로도 난 충분해. 내일 당장 선비님과 헤어진다해도, 난 평생 하늘에 감사하면서 기쁜 마음으로 살아갈 거야. 내게 이런 복을 주신 걸 감사하면서.'

닷새가 지났다. 그 날 아침, 뜰을 거닐면서 선비가 말했다.

"나는 오늘 한양으로 가야 하오."

청이는 하늘이 무너지는 듯 눈앞이 캄캄했지만, 애써 밝은 목소리로 말했다.

"이젠 다시 뵙기가 어렵겠지요? 목숨을 구해 주신 은혜, 갚지도 못했는데……."

"그런 말 마오. 우린 곧 다시 만나게 될 거요. 한양으로 가서 아버님께 그대를 지어미로 맞겠다고 말씀드리고, 허락을 받는 즉시 사람을 보내겠소."

"선비님, 선비님은 지체가 높으신데, 아버님께서 어찌 허락을 하시겠어요? 저는 선비님이 저 때문에 아버님께 불효하시는 것은 원치 않습니다."

"그대의 마음은 그 어떤 지체 높은 사람보다도 고귀하고 아름답소. 그대의 마음 같은 연꽃이 그걸 말해 주고 있소. 무릉촌 장 판서 댁 부인이 그대를 수양딸 삼겠다고 하셨으니, 지체가 정 문제가 된다면 그 댁 수양딸이 되면 되오. 그러니 날 믿고 기다려 주오."

청이의 눈에 눈물이 고였다. 기쁜데, 세상을 다 얻은 듯이 기쁜데 자꾸 눈물이 나왔다. 눈물이 뺨을 타고 흘러내렸다. 선비가 손을 들이 눈물을 닦아 주었다.

"울지 마오. 이제 그대는 더 이상 울지 않게 될 거요. 이 세상 누구보다 행복한 여인이 될 거요. 내가 꼭 그리 해 줄 거요. 그리고 그대 아버지는 우리가 혼례식을 올린 다음에 모셔 와서 만나도록 합시다. 아버지가 걱정이 되더라도 그 때까지만 잠시 참아 주오."

청이는 눈물 어린 눈으로 선비를 보면서 환하게 웃었다. 선비가 말한 일들이 그대로 다 이루어지지 않아도 좋았다. 선비의 그 마음만으로도 청이는 행복하고 또 행복했다.

열흘 뒤, 선비가 보낸 사람이 청이를 데리러 왔다. 아버지의 허락을 얻어 청이를 맞을 준비를 하고 있다는 전갈과 함께였다.

청이는 가마를 타고 한양으로 갔다. 한양에서 청이는 장판서 댁 마님의 큰아들 집에 묵었다. 청이가 마님의 수양딸이 되었기 때문이다.

그 곳에서 청이는 놀라운 사실을 알게 되었다. 그 젊은 선비가 임금님의 뒤를 이을 동궁이라는 사실을. 젊은 선비, 아니 동궁은 나라 사람들의 살림살이를 살피려고 선비 차림으로 각 고을을 돌아보다가 청이를 만났던 것이다. 청이는 그 모든 일이 꿈만 같아 도무지 믿어지지가 않았다.

며칠 뒤, 청이는 대궐로 들어가 대궐 어른들께 인사를 드렸고, 빈궁으로 간택되었다. 그리고 좋은 날을 택해 혼례식을 올렸다. 그 때까지 선비, 아니 동궁을 만날 수는 없었지만, 청이는 꿈 속에 사는 듯 기쁘고 또 설렜다.

마침내 혼례식을 치르고 청이는 대궐로 들어가 살게 되었다. 동궁은 약속대로 청이 아버지를 대궐로 모셔 오게 했다. 아버지는 여전히 앞을 보지 못했다.

"네가 정말 내 딸 청이란 말이냐? 내 딸 청이가 정말 빈궁마마가 되셨소?"

아버지는 청이의 얼굴을 두 손으로 더듬으면서 눈을 크게 떴다. 죽은 줄 알았던 딸이 살아 돌아온 기쁨 덕분인지, 아버지는 희미하게 무언가가 보이는 것 같다고 말했다.

청이는 얼른 의원을 불렀다. 의원은 아버지의 눈을 찬찬히 살펴본 다음, 꾸준히 치료하면 조금씩 앞을 볼 수 있을 거라고 했다. 아버지와 청이는 함께 기쁨의 눈물을 흘렸다.

청이는 대궐 밖에 집을 얻어 아버지가 살도록 했다. 마음씨 착한 부인도 새로 얻어 드렸다. 의원에게 정성어린 치료를 받은 덕분에 아버지는 차츰 앞을 볼 수 있게 되었다.

얼마 뒤, 임금님이 돌아가시고, 동궁이 새 임금이 되었다. 청이는 왕비가 되었다. 사람들은 청이를 연꽃 왕비라고 불렀다. 대궐 사람들은 물론이고 백성들도 그렇게 불렀다. 청이가 궁궐로 가지고 온 신비한 연꽃처럼 고귀하고 아름다운 왕비라는 뜻이었다.

꿈에 본 용궁

대궐 연못에 연꽃이 활짝 피었다. 앞다투어 피어난 수많은 연꽃 속에 유난히 눈에 띄는 연꽃 한 송이가 있었다. 연못 한가운데, 다른 연꽃들에게 빙 둘러싸인 그 연꽃은 시녀들에게 둘러싸인 왕비처럼 우아하고 고귀해 보였다.

청이는 연못 앞 정자에 서서 그 연꽃을 바라보았다. 여느 연꽃보다 꽃잎도 크고, 빛깔 또한 한층 고운 그 연꽃은 이 세상 꽃이 아닌, 다른 세상 꽃인 듯 아름답고 눈부셨다. 청이가 바닷가로 떠밀려 왔을 때 가슴에 얹혀 있던 바로 그 연꽃이었다.

청이는 대궐로 들어오면서 그 연꽃도 가지고 왔다. 혹시

나 싶어, 연꽃을 연못에 띄워 보게 했는데, 신기하게도 연꽃은 연못에 뿌리를 내리고 전보다 더 곱게 피어났다. 꽃이 지는 일도 없이, 연꽃은 지난 한 해 동안, 내내 연못 한가운데 고고하게 피어 있었다. 은은한 향내를 내뿜으면서.

'그러고 보니 간밤 꿈에서도 저런 연꽃을 보았어.'

홀린 듯 연꽃을 바라보다가 청이는 문득 간밤에 꾸었던 꿈을 생각했다. 인당수 거센 물살에 몸을 던지는 꿈이었다.

왕비가 되어 행복한 나날을 보내고 있는 요즘에도 청이는 가끔 그 때 꿈을 꾼다. 왜 하필 그 꿈을 되풀이해서 꾸는지는 알 수 없지만, 결코 괴롭거나 슬픈 꿈은 아니었다. 오히려 아름답고 황홀하기까지 한 꿈이었다. 또한 그 꿈은 여느 꿈처럼 두서없지 않았다. 처음부터 끝까지 생시처럼 또렷하고 생생했다.

꿈의 처음은 늘 바다에 빠져 괴로워하는 것으로 시작되었다. 그러나 괴로운 것은 잠깐이었다. 어느새 청이는 아리따운 시녀들의 도움을 받으며 교자에 오르고 있었다. 교자는 물고기 병사들이 들고 있었다.

교자에 타자 마치 깊은 산 속에 있는 듯, 숨쉬기가 편안하고 정신까지 맑아지는 듯했다. 청이가 놀라 아무 말도 못

하고 있는데, 병사들을 지휘하는 방게 장군이 말했다.

"놀라지 마소서. 서해 용왕께서 아가씨가 효성이 지극하다는 소문을 들으시고 아가씨를 만나고 싶어하시기에 용궁으로 모셔 가려는 것입니다."

청이는 용궁이라는 말에 더욱 놀라 손사래를 치며 말했다.

"소녀는 땅에 사는 미천한 사람이온데, 어찌 감히 용궁 교자에 타오리까?"

"아가씨를 정중히 모셔 가지 않으면 용왕님께 혼이 나옵니다. 용왕님뿐 아니라, 또 한 분이 아가씨를 기다리고 계십니다. 용왕님보다 그분이 더 아가씨를 만나고 싶어하시지요."

누가 나를 그렇게 만나고 싶어하는 걸까? 청이의 마음속으로 설렘의 물무늬가 곱게 번져 나갔다.

용궁은 임금님이 사는 대궐보다 훨씬 크고 아름다웠다. 영롱한 호박 주춧돌에 산호 기둥, 백옥 층계와 황금 기와 지붕은 눈이 부실 지경이었다. 게다가 향긋한 향내가 용궁 곳곳을 감싸고 있었다.

청이는 시녀들의 안내를 받아 용왕이 있는 백운전으로

갔다. 청이는 용왕께 공손하게 절을 올렸다. 화려한 용궁 옥좌에 앉아 있는 용왕은 위엄이 넘치면서도 인자해 보였다. 왕비 또한 아름다웠다.

"효성이 지극한 그대가 우리 용궁에 와 주니, 더없이 기쁘고 반갑구나. 그대는 어려워하지 말고, 우리 용궁에서 편히 쉬었다 가도록 하라."

용왕은 청이를 위해 잔치를 베풀었다. 잔칫상에는 맛있고 진기한 음식이 가득했고, 선녀처럼 고운 용궁 시녀들이 용궁 악사들이 연주하는 가락에 맞추어 하늘하늘 춤을 추었다.

잔치가 끝나자 용왕이 얼굴 가득 웃음을 띠면서 말했다.

"이제 귀한 손님에게 용궁 곳곳을 구경시켜 주려 하노라. 그 일은 내 아들이 직접 할 것이로다. 어서 왕자를 들라 하라."

잠시 뒤, 용궁 왕자가 왔다. 기품이 있고 잘생긴 왕자였다. 왕자를 보는 순간, 청이는 물방울 같은 투명한 슬픔이 차오르는 것을 느꼈다. 그건 아마도 왕자의 눈이 슬퍼 보였기 때문일 것이다. 왕자의 눈은 깊고 아름다웠다. 청이가 사랑하는 젊은 선비의 눈도 그만큼 아름답지는 않았다.

청이는 슬픔이 우러나오는 듯한 왕자의 눈을 들여다보다 저도 모르게 고개를 떨어뜨렸다. 왕자의 모습이 문득 눈부시게 느껴져 더 이상 바라볼 수가 없었고, 또 그 눈을 어디선가 본 듯하다는 생각이 스쳤기 때문이었다. 그러나 그 눈을 어디서 보았는지는 전혀 기억나지 않았다.

"아바마마보다 내가 더 아가씨를 만나고 싶어했답니다."

왕자가 나직하게 말했다. 청이는 까닭 없이 부끄러워 볼을 붉혔다.

왕자는 청이에게 용궁 곳곳을 구경시켜 주었다. 용궁은 어느 곳 한 군데 아름답지 않은 곳이 없었지만 특히 작은 누각이 기억에 강하게 남았다. 여의주라는 신기하고 큰 구슬을 모셔 놓은 누각이었다.

왕자는 누각에서 청이에게 여의주를 보여 주며 말했다.

"이 여의주로 아바마마와 어마마마와 나는 보고 싶은 것은 무엇이든 볼 수가 있답니다. 하늘 나라도 볼 수 있고, 뭍에 사는 사람들도 볼 수가 있지요."

"왕자님은 이 여의주로 무얼 보시나요?"

어쩐지 궁금한 생각이 들어 청이는 물어보았다. 왕자가

절간의 종 소리 같은 깊은 울림이 있는 목소리로 대답했다.

"물 밖 뭍에, 내가 사랑하는 사람이 살고 있답니다. 견딜수 없을 만큼 그 사람이 보고 싶을 때면, 이 곳에 와서 그 이름을 불러 보지요. 그러면 그 사람의 고운 얼굴이 구슬에 얼비친답니다."

"구슬에 얼비친 그 사람의 얼굴을 보는 것 말고 다른 일은 할 수가 없나요? 사랑하는 사람을 직접 만날 수는 없는 건가요?"

청이는 안타까운 마음이 들어 또 물어보았다. 왕자의 눈이 왜 그렇게 슬퍼 보이는지, 조금은 알 것 같았다.

"바닷속 용궁과 뭍은 전혀 다른 세상입니다. 다른 세상 사람들끼리 만나기란 쉬운 일이 아니지요."

"그런데 왕자님은 어떻게 그 사람을 알게 되었고, 또 사랑하게 되었나요?"

왕자가 오래 사귄 벗처럼 허물없이 느껴져 청이는 자꾸물었다.

"중요한 건 그런 게 아니랍니다. 중요한 건 아직도 내가 그 사람을 사랑하고 있고, 죽는 날까지 끝없이 사랑할 거라는 사실이지요."

청이는 왕자가 가여워서 들릴락 말락 한숨을 내쉬었다.

"그럼, 그 사람도 왕자님이 이처럼 자신을 사랑하는 걸 알고 있나요?"

"글쎄요. 아마 알지 못할 거예요. 다만 내가 여의주에 얼비친 그 사람의 얼굴을 보고 있을 때 그 사람은 꿈을 꾼답니다. 나를 만나는 꿈을요. 그러니까 그 사람의 꿈 속에서 우리는 가끔 만날 수 있을 뿐이지요. 그렇게 만나면서도 그 사람은 내가 누구인지 전혀 알지 못하지만요."

왕자의 말은 알아듣기가 쉽지 않았다. 다만 그 애달픈 사랑 때문에 왕자의 눈이 그처럼 슬퍼 보인다는 것만 확실하게 알 수 있었다.

"저 혹시 그 사람이 누구인지 제게 말씀해 주실 수 없으신가요? 제가 뭍으로 돌아가면 그 사람을 만날 수 있을지도 모르잖아요. 그 사람을 만나면, 왕자님 이야기를 전해 주고 싶어요. 너무 안타까운 사랑이라, 그 사람도 왕자님 마음을 알아야 할 것 같아서요."

청이는 어떻게든 왕자를 돕고 싶어 진심으로 말했다. 깊고 아름다운 왕자의 눈을 바라보면서. 그 사람에게 왕자의 눈이 얼마나 아름다운지 이야기해 주면, 어쩌면 그 사람이 왕자를 기억할지도 모를 일이었다.

왕자가 보일 듯 말 듯 웃으며 말했다.

"시간이 꽤 흘렀군요. 아가씨는 이제 바깥 세상으로 돌아가셔야 합니다. 아가씨의 사랑이 기다리고 있는 바깥 세상으로."

그러자 청이는 젊은 선비가 생각났다. 어서 젊은 선비가 있는 뭍으로 돌아가고 싶었다. 청이는 왕자를 바라보며 가만히 웃었다. 사랑하는 젊은 선비를 생각나게 해 주어서 고맙다는 웃음이었다. 왕자는 작별의 선물로 연꽃 한 송이를 주었다. 세상 연꽃보다 훨씬 아름답고 향기로운 연꽃이었다.

청이는 다시 교자를 타고 용궁 문을 나섰다. 조금 가다가 뒤돌아보니, 왕자는 그 때까지도 아름답고 깊어 보이는 눈으로 청이를 바라보면서 문 앞에 서 있었다.

청이는 가슴이 저렸다.

'가엾은 왕자님. 그렇게 가슴 아픈 사랑을 하시다니…….'

청이는 두 번 다시 뒤돌아보지 않았다. 뒤돌아보면 여전히 왕자가 용궁 문 앞에 서 있을 것 같았고, 왕자의 그 모습을 또 보면 마음이 아파 견딜 수 없을 것 같아서였다. 대신 연꽃을 코에 대고 꽃 향내를 맡다가 어느 순간 청이는 꿈에서 깨어났다. 그러고는 한참 동안 다시 잠들지 못하고 그 꿈을 생각하고 또 생각했다.

'정말 이상한 일이야. 왜 똑같은 꿈을 또 꾸고 또 꾸는지 모르겠어.'

솔직히 말하면 청이는 그 꿈을 자꾸 꾸는 것이 좋았다. 꿈에 본 용궁도 신비했고, 무엇보다 용궁 왕자와 만나는 것이 좋았다. 왕자의 안타까운 사랑 이야기를 듣는 것이 마음 아프기는 했지만, 왕자와 함께 마음 아파하면서 애틋한 설렘을 느끼는 것이 좋았다.

'간밤 꿈에 왕자님이 준 연꽃 한 송이가 바로 저 연꽃하고 똑같았는데…….'

연못의 연꽃을 보며 간밤에 꾼 꿈을 생각하던 청이는 문득 인당수에 빠지기 전 몇 달 동안의 일들을 떠올렸다. 어렵고 힘든 나날이었지만, 그 속에도 꿈이 있고 기쁨이 있었다. 특히 지금의 임금님을 우연히 만난 다음부터 마음은 늘 노을 같은 그리움에 물들어 있었다.

아, 그리고 그 때 마음을 나누던 말벗도 있었다. 비록 사람이 아닌 거북이었지만, 어떤 벗보다 청이의 마음을 잘 알아 주는 좋은 벗이었다.

'그 거북, 정말 신령스런 거북이었어.'

잠시 뒤, 청이는 궁녀들을 거느리고 연못가 정자를 떠났다. 내전으로 돌아가 대궐의 안주인으로서 해야 할 일들이 많았다.

연못을 가득 메운 연꽃들은 아름다웠다. 특히 연못 한가운데 피어난 연꽃 한 송이는 이 세상 연꽃 같지 않게 고고하고 눈부셨다. 연꽃의 흰빛이 오후의 햇살을 받아, 더욱 희게 빛났다.

꿈결 같은 여름날 오후였다.

또다시 '보이지 않는 사랑'을 꿈꾸며

　물속에 더 많은 얼음을 숨기고 있는 빙산처럼, 역사는 기록된 사실 뒤에 더 많은 이야기를 숨기고 있다. 하지만 역사의 행간 뒤에 숨어 있는 그 이야기를 찾아내기란 쉽지 않다. 우연과 인연이 겹쳐야만 어느 날 문득, 역사책의 행간 뒤에 숨은 이야기가 보이곤 한다. 그때부터 작가는 행간의 빈 여백을 바라보며 즐거운 꿈꾸기를 시작한다.

　역사책은 아니지만 우리의 고전소설 중에도 가끔 그렇게 나를 꿈꾸게 하는 책이 있다. 『심청전』이 바로 그런 책이다. 심청이 잠시 다녀오는 용궁 이야기는 오래전부터 나를 매혹시켰다. 고전소설에서는 심청이 인당수에 빠졌다가 용궁으로 가 어머니를 만나고 돌아오는데, 나는 용궁 이야기가 그렇게 잠깐 등장하는 것이 늘 아쉬웠다. 우리의 판타지인 용궁에서 뭔가 더 멋지고 아름다운 이야기가 펼쳐져야 할 것 같았고, 그러다 언제부터인가 이런 생각을 하게 되었다.

　'심청이 바다에 빠졌다가 다시 살아나 왕비가 된 것은, 청이의 지극한 효성에 하늘이 감동했기 때문이기도 하지만 그보다는 어떤 큰 사랑의 힘이 작용했기 때문은 아닐까? 눈에 보이지도 않고 알아차릴 수도 없지만, 분명 어디에선가 누군가 지켜주고 있는 그 크고 신비한 사랑이 청이를 구한 것은 아닐까?'

이 생각이 씨앗이 되어 심청을 지극히 사랑하는 용왕의 아들 빛나로의 이미지가 떠올랐고 '보이지 않는 사랑'에 대한 이야기를 쓰기 시작했다.

『청아 청아 예쁜 청아』는 몇 년 전 동화책으로 이미 출간되었다. 그러나 내용이 청소년에게 더 맞을 것 같아 이번에 청소년소설로 다시 내게 되었다. 처음 책이 나왔을 때 이 이야기가 해피엔딩인지 아닌지 궁금해 하는 독자들이 있었다. 결말을 어떻게 받아들이는가는 독자의 관점에 따라 각기 다를 수 있겠지만, 중요한 것은 빛나로가 진심으로 청이를 사랑했다는 것이고 상제님이 원했던 것 또한 바로 그런 참사랑이었다는 점이다.

개정판을 내려고 작품을 다시 한 번 꼼꼼히 읽으니 새삼 빛나로의 사랑에 마음이 아팠다. 이 작품이 해피엔딩으로 받아들여지지 않는다면 그것은 빛나로의 기약 없는 사랑 때문일 것이다. 그래서 더욱 '보이지 않는 사랑'이 눈에 보이는 사랑보다 깊고 아름다운 것인지도 모른다.

2009년 1월
강숙인

〈강숙인 작가〉의 청소년소설, 함께 읽어 보세요!

뢰제의 나라 (푸른도서관 1)

화랑 바도루 (푸른도서관 8)

아, 호동 왕자 (푸른도서관 11)

마지막 왕자 (푸른도서관 15)

초원의 별 (푸른도서관 16)

지귀, 선덕여왕을 꿈꾸다 (푸른도서관 27)

청아 청아 예쁜 청아 (푸른도서관 28)

불가사리 (미래의 고전 15)

강 숙 인

1953년 대구에서 태어나 서울예술대학 문예창작과를 졸업했다. 1978년 '동아연극상'에 장막 희곡이 입선되어 작가로 활동하기 시작했으며, 1979년 '소년중앙문학상'과 1983년 '계몽사아동문학상'에 동화가 당선되었다. 우리 역사와 고전에 대한 특별한 애정을 갖고 역사적 사건이나 인물을 새로운 시각으로 그려 내거나 고전을 재해석하는 작업을 꾸준히 해 오고 있으며, 제6회 '가톨릭문학상'과 제1회 '윤석중문학상'을 수상했다. 대표적인 작품으로 『마지막 왕자』, 『아, 호동 왕자』, 『청아 청아 예쁜 청아』, 『뢰제의 나라』, 『화랑 바도루』, 『초원의 별』, 『지귀, 선덕 여왕을 꿈꾸다』, 『불가사리』, 『거울은 거짓말쟁이』, 『눈새』 등이 있다.

블로그_ http://blog.naver.com/rese0468

푸른도서관은 10대에서 20대까지 눈부신 성장을 거듭하는 푸른 세대를 위한 본격 문학 시리즈입니다.

1 뢰제의 나라 강숙인 | 윤석중문학상 수상작
2 아버지가 없는 나라로 가고 싶다 이규희 | 세종아동문학상 수상 작가
3 까망머리 주디 손연자 | 경기도 학교도서관 사서협의회 권장도서, 책따세 추천도서
4 이쁜 언니 강정님 | 서울시교육청 교과별 권장도서
5 너도 하늘말나리야 이금이 | 책따세 추천도서, 중앙일보 좋은책 100선 선정도서
6 내 이름엔 별이 있다 박윤규 | 서울시립어린이도서관 추천도서
7 토끼의 눈 강정규 | 세종아동문학상 수상작, 아침독서 청소년 추천도서
8 화랑 바도루 강숙인 | 동화읽는가족 추천도서
9 유진과 유진 이금이 | 책따세 추천도서, 어린이도서연구회 청소년 권장도서
10 마사코의 질문 손연자 | 세종아동문학상 수상작, SBS 어린이미디어대상 수상작
11 아, 호동 왕자 강숙인 | 경기도 학교도서관 사서협의회 권장도서
12 길 위의 책 강 미 | 제3회 푸른문학상 수상작, 책따세 추천도서
13 느티는 아프다 이용포 | 한국문화예술위원회 우수문학도서
14 발끝으로 서다 임정진 | 책따세 추천도서
15 마지막 왕자 강숙인 | 중앙일보 좋은책 100선 선정도서, 어린이도서연구회 권장도서
16 초원의 별 강숙인 | 동화읽는가족 추천도서
17 주머니 속의 고래 이금이 | 대한출판문화협회 올해의 청소년도서
18 쥐를 잡자 임태희 | 제4회 푸른문학상 수상작, 아침독서 청소년 추천도서
19 바람의 아이 한석청 | 한우리독서문화운동본부 필독도서
20 베스트 프렌드 이경혜 외 4인 앤솔러지 | 어린이도서연구회 청소년 권장도서
21 리남행 비행기 김현화 | 제5회 푸른문학상 수상작, 책따세 추천도서
22 겨울, 블로그 강 미 | 문화체육관광부 우수 교양도서, 아침독서 청소년 추천도서
23 네가 하늘이다 이윤희 | 아침독서 청소년 추천도서, 한국어린이문화대상 수상작
24 벼랑 이금이 | 한국문화예술위원회 우수문학도서, 아침독서 청소년 추천도서
25 뚜깐면 이용포 | 대한출판문화협회 올해의 청소년도서, 중앙일보 선정 이달의 책
26 천년별곡 박윤규 | 오월문학상 수상 작가
27 지귀, 선덕 여왕을 꿈꾸다 강숙인 | 책따세 추천도서, 네이버 북리펀드 선정도서
28 청아 청아 예쁜 청아 강숙인 | 한국출판회의 선정 이달의 책
29 살리에르, 웃다 문부일 외 3인 앤솔러지 | 제6회 푸른문학상 수상작, 아침독서 청소년 추천도서
30 사라지지 않는 노래 배봉기 | 문화체육관광부 우수 교양도서, 네이버 북리펀드 선정도서
31 김홍도, 조선을 그리다 박지숙 | 문화체육관광부 우수 교양도서, 소년조선일보 추천도서
32 새가 날아든다 강정규 | 아침독서 청소년 추천도서
33 에네껜 아이들 문영숙 | 책따세 추천도서, 대한출판문화협회 올해의 청소년도서
34 밤나무집의 기판이 강정님 | 한국도서관협회 선정 우수문학도서, 아침독서 청소년 추천도서
35 스쿠터 걸 이 은 | 한국간행물윤리위원회 우수 청소년저작 당선작, 학교도서관저널 추천도서
36 우리 반 인터넷 소설가 이금이 | 네이버 북리펀드 선정도서, 학교도서관저널 추천도서
37 열네 살, 비밀의 거짓말 김진영 | 한국간행물윤리위원회 청소년 권장도서, 문화체육관광부 우수 교양도서
38 허황옥, 가야를 품다 김 정 | 네이버 북리펀드 선정도서, 대한출판문화협회 올해의 청소년도서
39 외톨이 김인해 외 2인 앤솔러지 | 제8회 푸른문학상 수상작, 국립어린이청소년도서관 사서 추천도서
40 그래도 괜찮아 안오일 | 한국간행물윤리위원회 우수 청소년저작 당선작, 한국도서관협회 선정 우수문학도서
41 소희의 방 이금이 | 한국도서관협회 선정 우수문학도서, 한겨레·예스24 선정 청소년책 30선
42 조생의 사랑 김현화 | 서울시교육청 남산도서관 사서 추천도서, 아침햇살 선정 좋은 청소년책
43 아버지, 나의 아버지 최유정 | 한국도서관협회 선정 우수문학도서, 아침햇살 선정 좋은 청소년책
44 타임 가디언 백은영 | 아침햇살 선정 좋은 청소년책
45 분청, 꿈을 빚다 신현수 | 대한출판문화협회 올해의 청소년도서, 아침독서 청소년 추천도서
46 방울새는 울지 않는다 박윤규 | 한국도서관협회 선정 우수문학도서, 학교도서관저널 추천도서
47 악어에게 물린 날 이장근 | 책따세 추천도서, 대한출판문화협회 올해의 청소년도서
48 찢어, Jean 문부일 | 한국도서관협회 선정 우수문학도서, 아침독서 청소년 추천도서
49 불량한 주스 가게 유하순 외 2인 앤솔러지 | 제9회 푸른문학상 수상작, 아침독서 청소년 추천도서
50 신기루 이금이 | 네이버 북리펀드 선정도서
51 우리들의 매미 같은 여름 한 결 | 한국도서관협회 선정 우수문학도서
52 모래시계가 된 위안부 할머니 이규희 | 학교도서관저널 추천도서
53 까레이스키, 끝없는 방랑 문영숙 | 제2회 푸른문학상 수상 작가
54 나는 탈라랜드로 간다 김영리 | 제10회 푸른문학상 수상작
55 열다섯, 비밀의 방 장 미 외 3인 앤솔러지 | 제10회 푸른문학상 수상작

＊〈푸른도서관〉시리즈는 계속 나옵니다!